極道の許嫁として懐妊するまで囲われることになりました

～危険で甘美な20年分の独占愛～

m a r m a l a d e b u n k o

JN052669

マーマレード文庫

目次

極道の許嫁として懐妊するまで囲われることになりました
～危険で甘美な20年分の独占愛～

序章　最悪の婚約破棄

きらきらと、世界は光り輝いている。

なぜなら私――藤宮葵衣《ふじみやあおい》は、もうすぐ憧れの花嫁になるのだから。

豪奢なホテルのラウンジは広い窓から降り注ぐ明るい光に満ちていた。微笑みを浮かべた私は卓に置かれたティーカップに砂糖をさらさらと入れる。この砂糖すらも、これからの門出を祝福するように眩く煌めいて見えた。

ところが、ふいにかけられた婚約者からの言葉に、笑みを貼りつかせたまま顔を上げる。

「……え？　今、なんて言ったの？」

婚約者の小溝亮《こみぞりょう》は、耳を疑うような言葉を吐いたあと、気まずげに視線を逸らしている。

私たちは一年前に友人の紹介で知り合って交際し、結婚が決まっている仲だ。すでに互いの両親に報告を済ませ、今は婚約中である。二十二歳の私は会社社長である父の秘書を務めていたが、結婚のためすでに寿退社していた。亮は大手商社に勤務している、いわゆるエリートサラリーマンだ。

絵に描いたような、順風満帆な結婚への道のり。

そのはずだった。亮から、衝撃的なひとことを告げられるまでは。

「だからさ、結婚、なしになったんだよ」

彼は顔をしかめて、居心地悪そうに膝を揺らした。その動きはテーブルを振動させる。紅茶の水面が不穏に波打った。

貧乏揺すりをするのは面白くないことがあったときの亮の癖だが、いったい何が彼をそんな気分にさせているのか理解に苦しむ。

「……結婚がなしって、どういうこと？　だって式は来月なのよ？　もう招待状を出してるし、ドレスも決めてあるのに……」

「だから！　結婚できないんだよ」

声を荒らげたので、周りにいた客が不審な目をこちらに向ける。結婚できないの一点張りは駄々をこねる子どものよう。そういった彼の幼稚な態度に溜息をつきたくなることもこれまでに多々あったが、私は辛抱強く我慢してきた。

けれど、結婚できないと言われたことは見過ごせない。

なぜ突然そんなことを言い出すのだろうと混乱しつつも、穏やかに問い質す。

「わけを聞かせてちょうだい。何かあったの？」

「あのさ……上司命令なんだよな。ほら、出世するためにはさ、役員の娘と結婚しなきゃならないんだよ。葵衣は社長令嬢っていっても、会社が破産しかけてるおちぶれ令嬢だろ。株価でわかるんだよ」

ぼそぼそと呟いた亮は、恨むように私を睨みつけた。

これまでは楽しく結婚式の打ち合わせをしたり、デートしていたはずなのに、彼の豹変ぶりに戸惑いを隠せない。

「え……役員の娘さんと結婚するの？」

「そういうことじゃないんだよ。なんで会社が危ないことを黙っていたんだ。それを知ってたら、俺も言うこと違ってたんだよ」

「うちの会社の株価が下がってるのは事実だけど、でも破産なんてしないわよ。完全な経営難というわけじゃなくて、持ち直そうとしているところなの。会社の立て直しがうまくいきはじめているところだって、前にも話したじゃない」

宥めながら、頭の中で状況を整理する。

つまり彼は、父の会社の先行きがよくないから私より、勧められた役員の娘に乗り換えるということなのだろうか。それとも、ほかに好きな人ができた言い訳だろうか。

そういえば、一か月ほど前から急に連絡が取れなくなったので、どうしたのだろうと首を傾げたことがよみがえる。私のほうも引っ越しの準備や仕事の引き継ぎなど、新しい生活へ向けて忙しかったので、亮もそうなのだろうと思っていた。そうして今日、ホテルのラウンジで久しぶりに会うことになったので、杞憂だったと安堵したばかりなのに。

「もう今さら、やっぱり結婚はやめるなんて、できないじゃない。だって結婚式の招待客もお料理も全部決まって、新居の契約だって終わってるし、それに……」

ガタン、と大きくテーブルが揺れた。

突然、亮が立ち上がったからだ。考えを改めてもらおうと言葉を尽くしていた私は口を噤む。

「葵衣のせいだからな」

「えっ?」

「会社が破産しそうなのに、結婚して俺から金を取ろうとしたんだから、詐欺だろ。訴えられたくなかったら、結婚式のキャンセル料やマンションの契約にかかった費用諸々、全額払ってくれよな。それでなかったことにしてやるよ」

言い捨てた私の婚約者だった男は、逃げるようにラウンジから走り去っていった。

その背中が見えなくなったあと、呆然としてテーブルに目を落とす。

つい先ほどまで幸せだった私は紅茶に砂糖を入れていた。そういえば、あのスプーンはどうしたのだろうとふと思ったが、ソーサーに横たえられていた。まばらに砂糖粒を零しながら。

あの幸せの絶頂にいた私は、もういない。

どうして、こんなことになったの……？

このあとはふたりで式場へ行って、結婚式の最後の打ち合わせをするはずだったのに。

現実を受け入れられず、ぼんやりとしていた私の目に、テーブルに残されていた会計伝票が映る。

亮の注文した珈琲と、砂糖が入りかけの紅茶とで会計千九百六十円。

いっさい手をつけていない亮の珈琲は、とうに冷めていた。

婚約破棄された私がまず初めにしたことは、打ち合わせをキャンセルするため、式場へ電話をかけることだった。

その流れで、結婚式自体をキャンセルするかもしれないこと、それにまつわる費用はいかほどかを、おそるおそる担当者に訊ねる。耳にした金額は驚くほど高額だった。単に会場のキャンセル料だけではなく、発注済みの商品などの諸経費を含めると妥当な額だという。「招待客も多く、大きなお式ですからね……」と気の毒そうに担当者が述べるので、余計に居たたまれなくなる。

はっとした私は次に、新居を契約していたマンションの管理会社へ電話する。もちろん、契約をキャンセルするためだ。さらに購入した家具を新居に運ぶはずだったので、それもキャンセルする旨を家具店に連絡する。それから独自に注文していたブーケのキャンセル、それから……。

これらの通話をほかの人に聞かれたくないので、私はカフェなどに入らず、路地の片隅でこそこそと電話していた。

契約を結ぶときはスムーズなのだが、キャンセルするとなると煩雑で、かつ担当者によっては面倒そうに声を荒らげたりもした。電話越しなのだが、私は道端でぺこぺこと頭を下げて謝罪する。

なんて惨めなのだろうと、涙が滲んでくる。

社長令嬢として恵まれた生活を送り、一貫の女子校に通った私は、いつか恋人ができて幸せな結婚をしたいと夢見てきた。そうして出会った亮は、初めての恋人だった。

交際しているときの亮とは楽しい時間を過ごせたので、「結婚したいわね」と言ったら、「いいんじゃない」と了承されて舞い上がった。

きちんとしたプロポーズというわけではなかったけれど、こんなふうに穏やかに結婚が決まるものなのかもしれないと呑み込んだ。思えば、あのときからお互いの価値観に、わずかなずれが生じていたのかもしれない。

「なにが、『いいんじゃない』よ……」

通話を終えた私はやるせない思いで呟く。

振り返ってみると、彼の結婚したいという意思は曖昧だったのかもしれない。それなのに断るときは、きっぱり「結婚できない」と叫んだのだ。私と結婚するのは嫌だという明確な意思がそこにあり、それを叩きつけられたのだ。

私はそんなに魅力のない女なのかと思うと、悲しくなる。

ただ、彼の言い分に強く反論できない。

父の会社は有名な大手製紙会社として名を馳せたのだが、昨今の業績は悪化を辿る一方で、株価は低迷している。倒産の噂があるのも事実だった。亮が私と結婚することで、泥船に乗せられるように思い、不安を募らせたのかもしれない。だから役員の令嬢という大船に乗り換えたいのだ。

「結婚って、こんなに簡単に壊れるものだったのね……」

重い溜息を吐いた私は、とぼとぼと家路への道を行く。

好きな人と幸せな結婚をする、という当たり前のはずの幸福がひどく遠い。

私が悪いのだろうか……。けれど、私と結婚することに迷いがあったのなら、安易に了承してほしくなかった。亮が自分の気持ちや立場をはっきりさせなかったから、こんな結果になったのではないか。彼の気持ちを汲まず、幸せな結婚ばかりを夢見ていた私がやはり悪いのか……。

堂々巡りで思い悩んでいると、ふと、左手の薬指にはめていたダイヤモンドの婚約指輪が目につき、乱暴に外す。

この婚約指輪は私が代金を立て替えて購入したものだ。あとでまとめて返すというので、マンションの契約代金などもすべて私の貯蓄から支払っていた。それらの費用を私が負担することになったので、つまり私は空虚な未来にせっせと投資して、挙げ句すべてを失ったわけである。

悪意を持った神様が、幸せになれないよう私の頭を押さえつけている。そうとしか思えなかった。

涙が零れてしまった私は、嗚咽を必死にこらえた。

高級住宅地に構えた邸宅の外装は剥げていた。こんなところも、おちぶれていると亮に見られていたのだろうかと思うと、居たたまれなくなる。

「ただいま……」

自宅に戻った私は、引っ越し用の段ボール箱が玄関先に積み重ねられているのを目にして唇を噛みしめる。新居のマンションへ運ぶために、二階の自室からここへ移動させていたのだった。

重い段ボール箱を抱え、再び自室へ運ぶために階段を上る。

失った幸せの事後処理をひとつひとつやるたびに、心が傷つけられた。

自宅に両親と同居しているが、今日はふたりとも出かけているのが幸いだった。昔は数人の家政婦さんを雇っていたのだけれど、今はその余裕がなくなったので、家には誰もいない。

けれど、婚約破棄されたことを両親に黙っているわけにもいかないだろう。いくつもの段ボール箱を運びながら、問いかけられたときにどう答えようか考えあぐねる。

「ふう……終わった……」

作業を終えたときには汗びっしょりだった。

私は腕にかけていたハンドバッグをどさりと床に落とし、おしゃれしようと張り切って買った新品のピンクのカーディガンを脱ぐ。

着飾ることなんて、もはやすべて無意味だった。

姿見に目をやると、腰まである長い黒髪と白い肌の私が映っている。

周りからは「清楚でお嬢様らしい」と外見を褒められていたけれど、そういえば亮が私を褒めてくれたことは一度もなかった。

鏡の中の私は疲れた顔をしていて、出かける前とはまるで別人のようだった。

それよりも気になるのは、式場から告げられたキャンセル料である。私は慌ててクローゼットに飛びつき、預金通帳を取り出した。

戦々恐々たる思いで通帳に記載された数字を追う。指輪代や新居の家具代などを支払うために、かなりの額を引き出している。それらは返品不可なので、購入した代金は戻ってこない。

「ない……キャンセル料を払うお金がない……」

段ボール箱に囲まれて、私は呆然と呟いた。

すでに残高は底を突きかけていたのだ。そのうち亮が返済してくれるのだから大丈夫だろうと考えていたので、まったくお金の心配をしていなかった。

それなのにまさか、こんなことになるなんて。

バッグからスマホを取り出し、見慣れた番号に電話をかける。

亮に相談してみよう。先ほどは一方的に責められたので、承諾した形になってしまった気がするけれど、ふたりの結婚なのだから私だけが全額を負担するのはおかしいのではないだろうか。せめて彼にいくらか払ってもらいたい。

もし、先ほどのことを撤回してくれたら、借金も帳消しになるわけで。

だが、儚い希望に縋る私を粉砕するメッセージが無機質に流れた。

『お客様がおかけになった番号は、おつなぎできません……お客様がおかけになった番号は……』

ぽとり、と残高の乏しい預金通帳が私の手から滑り落ちる。

「え……着信拒否にされてる……？」

信じられない。ついさっきまで私たちは婚約者で、もうすぐ結婚式を挙げる予定だったというのに、わずかな時間でその関係は脆くも崩れ去ってしまうなんて。

それとも、私が鈍感なので、亮の変化に気づかなかっただけなのか。

そのあと幾度も電話をかけ続けたけれど、同じメッセージが流れるだけだった。

一章　極道の許嫁

もう何度目だろう。重い溜息を吐くのが止まらない。

あれから数日が経過したけれど、私は自室から一歩も出ていなかった。心配した母が食事をのせた盆を持っておそるおそる部屋に入ってきたので、「だめになったから……結婚……」と小さく呟くと、母は苦い顔をしてうつむいていた。私の態度から、何があったのか両親は大体察したようで、責められはしなかった。

スマホには『結婚おめでとう！』というメッセージが、式に招待した友人たちから入ってくる。私はいちいちそれに対して『結婚式は中止になりました。ごめんなさい』と返信しなければならず、そのたびに深淵まで落ち込むのだった。

亮からは当然というべきか、何も連絡はなく、私は無機質な拒絶のメッセージを聞くのも嫌になったので、彼と話し合うことを諦めた。

泣きはらしたあとはもう、心が空洞になった。

思い返してみると、私は幸せな結婚がしたいだけで、亮のことはさほど好きではなかったかもしれない。というより一方的に婚約破棄をされ、借金を背負わされたという事実により、心は離れていた。亮のほうもとうに私への気持ちはないのだろう。役員の令嬢と結婚するつもりのようだから、私とはなかったことにしたいのだ。連絡を取るのを拒否しているのが、それを証明していた。

そうすると私に残されたのは傷ついた心と、借金のみ。

寿退社しているので、現在の私は無職だ。両親に頼み込んで借金を肩代わりしてもらうわけにもいかない。業績のきざしがよくなっているとはいえ、父に余計な負担をかけたくなかった。

「これから、どうしよう……」

肩を落としていると、来客を告げるチャイムが階下から鳴り響いた。

だが母が応対する気配はない。買い物に行っているのだろうか。父は出社しているので、ほかには誰もいない。

ピンポーン、ピンポーン……。

チャイムは幾度も鳴らされている。どうやら来客は、誰かが応対しないことには帰れない用件でもあるらしい。

溜息をついた私は仕方なく腰を上げ、部屋を出た。

そういえば、親戚のおば様が来ると、母から聞いていた。きっとその人だろう。

「はい。お待ちください、おば様」

階段を下りて玄関先に声をかける。

すると、ガチャリと玄関扉が開かれた。

「よう。いたのか」

深みのある重低音の声音が響き、私は目を瞬かせる。

現れたのは、上質のブラックスーツに身を包んだブロンズの髪の男だった。

男がサングラスを外すと、眦の切れ上がった鋭い双眸がこちらを見据える。鼻筋はすっと通り、唇は薄いのに綺麗に口角が上がる。猛々しさの中にも気品が滲む精悍な顔立ちだ。

高身長で肩幅の広い強靭そうな体躯、そして彼から醸し出される威厳に圧倒された。

「あの……何か、ご用でしょうか？」

眉をひそめた私は、おそるおそる問いかける。

親戚のおば様かと思ったら、まったくの別人だ。しかも彼は背後にふたりの男たちを従えていた。彼らはいずれも黒のスーツを着用している。まるで葬儀屋のようだけれど、そうではないとしたら、思い当たる職業はただひとつ。

ブロンズの髪の男は口元に笑みを刷いて答えた。ただし彼の視線は獲物を見定めた猛禽類のように、私から外されない。

「俺の名は、堂本貴臣《どうもとたかおみ》だ。西極真連合《せいごくしん》のひとつ、堂本組の組長だよ。じいさんの藤宮佐助《さすけ》から堂本組の名を聞いたことはないか、葵衣さん」

嫌な予感が的中した私は青ざめる。

彼らはヤクザだ。組の名称などは初耳だけれど、威圧の滲む雰囲気でそれとわかる。しかもどうしてヤクザに、おじいちゃんや私の名前まで知られているのだろう。

「し、知りません……！　祖父は一年前に亡くなりました。もしかして、あなたに借金をしていたとか、そういうことですか？」

「それなら話は簡単なんだが、少々ややこしいんだ。ここで立ち話もなんだから、うちの事務所に来ないか？」

「行きません。だって、ヤクザの事務所なんでしょう？」

私は毅然として対応した。ヤクザに反抗するなんて怖い気持ちはあるけれど、彼らとかかわったらとんでもないことになるに違いない。

堂本さんは形のよい眉を跳ね上げたが、予想に反して恫喝するようなことはしなかった。代わりに彼は肩を竦める。

「ヤクザじゃなく、極道と呼んでほしいところだけどな。事務所が嫌なら、俺の家に来い」

「どういう理屈なの。もっと行きたくないわ」

「そう言うなよ。あんたのじいさんが残したものを説明するには、俺の家を見てもらったほうが手っ取り早い」

その言い分に、私は首を傾げた。

どういうことなのか、まるでわからない。単純におじいちゃんが、堂本さんからお金を借りたというわけではないようだ。

「詳しいことは家で話してやろう。立ち話で済むような内容じゃないしな。――おい、咲夜《さくや》」

後ろに直立していた部下に、堂本さんは顎をしゃくる。

咲夜と呼ばれた青年は、「はい」と短く返事をすると、前へ進み出て三和土に跪いた。彼は私の靴を、さっと揃える。

「お嬢さん。自分が靴を履かせますので、おみ足をどうぞ」

「えっ……それはちょっと。玄関に膝を突いていたら、スーツが汚れますよ？」

「おかまいなく」

なんと彼が私の靴を履かせるつもりらしい。

幼児じゃあるまいし、そんなことを申し出られたのは初めてだ。

断ったつもりなのに、彼は微動だにしない。

妖艶に微笑んだ堂本さんは平然と言った。

「嫌なら、こいつを足で蹴り上げろ。そうしない限り、うちの若衆は退《ど》かないぞ」

「ええ⁉ そんなことできるわけないでしょ！」

咲夜さんは息を詰め、腹に力を込めているようだった。いつ蹴られてもいいように準備をしているのだ。

いくらヤクザの若衆とはいえ、彼は私よりも年齢が若いようで、顔立ちには幼さが残されていた。華奢で瞳が黒目がちなので、まるで子犬のように見える。そんな彼に暴力を振るったら、完全に私のほうが悪人だ。

……ということは、ここは大人しく靴に足を入れるしかない。

覚悟を決めて歩を進めると、すっと堂本さんが優美にてのひらを差し出す。

「俺につかまれ」

「……おかまいなく」

咲夜さんに言われた台詞を真似る。

フッと笑った堂本さんは、かまわずに私の手を掬い上げると軽く引いた。思わず踏み出した私の足に、咲夜さんが素早く左右の靴を履かせる。

流れるような動きだったので、抵抗する暇もない。

そのままエスコートする騎士のように、堂本さんはつないだ手を高く掲げながら玄関を出た。

彼は双眸を細めると、低い声で囁く。

「……俺のことを、覚えてはいないか？」

「え？　初対面でしょう？」

ヤクザの知り合いなんているわけがない。

首を傾げると、彼は微苦笑を浮かべた。

「そうだな。そのとおりだ」

門の前には黒塗りの高級車が待機している。

背後にぴたりと付き従っていたもうひとりの男に、堂本さんは命じた。

「薬師神《やくしじん》、おまえはここに残れ」

「かしこまりました」

薬師神と呼ばれた男性は、眼鏡の奥の理知的な双眸を光らせて一礼した。彼も高身長の堂本さんと同じくらい背が高く、顔立ちは怜悧さに満ちている。おそらくは組の幹部といったところだろうか。

薬師神さんは落ち着いた声音で、戸惑っている私に淡々と述べた。

「ご安心ください。わたくしは門前に待機しておりますので。番犬とでも思ってくださいませ。ご両親が帰宅されましたら、きちんと事情をお話しいたします」

「は、はい。でも……私の両親は堂本さんたちのことを知っているの？」

婚約破棄されて気落ちしている私が、ヤクザに連れられていったなんて知ったら、両親に心配をかけてしまうことは間違いない。

不安になって訊ねた私に、堂本さんが答える。

「問題ない。藤宮佐助とうちの家は、昔からの知り合いだ。おそらく葵衣の親父さんも、うちとの事情について聞いたことくらいはあるだろう」

「そうなのね……」

薬師神さんは慇懃に頭を下げた。まるで執事のようである。

「ご両親につきましては、わたくしにお任せください。葵衣さんは堂本さんの屋敷で、ぜひ詳しい話をうかがってくださいませ」

そう言われたら任せるしかない。薬師神さんは丁寧な口調なのでとてもヤクザとは思えない。少なくとも両親を恫喝するようなことはしないだろう。

素早く咲夜さんが後部座席のドアを開ける。堂本さんに抱き込まれるようにされて、私は車に乗り込んだ。私の隣に堂本さんが立派な体躯を収めると、扉が閉められる。

運転席に滑り込んだ咲夜さんは、ゆっくりと車を発進させた。

振り向くと、薬師神さんは門の前に直立不動でいるのがバックウインドウ越しに見えた。近所の人たちが遠巻きにして薬師神さんを眺めている。

「お母さんが帰ってきたら、何事かとびっくりするんじゃないかしら……」

くくっと喉奥から笑いを漏らした堂本さんが、こちらに顔を向ける。

見惚れるほど端麗な容貌に、どきりと胸が弾みかけたけれど、私はそれを抑えた。

彼は、ヤクザだ。

祖父の残したものとは何かという事情を聞くために堂本さんの家へ行くのであって、それが解決しさえすれば、ヤクザとはかかわらずに済む。

「心配ない。薬師神は俺の右腕だ。会社の顧問弁護士を務めている」

「弁護士さんなの？　会社って……あなたがたはヤクザじゃないの？」

「ヤクザだけどな。俺は堂本組の組長だが、複数の会社を経営している代表取締役社長でもある。いわゆるフロント企業だ」

「そうだったのね。私のおじいちゃんは製紙会社の創業者だけど……もしかして、堂本さんはおじいちゃんと面識があるの？」

なぜヤクザの組長が祖父のことを知っているのかと訝しく思ったけれど、会社社長として接点があったのなら納得できなくもない。

けれど、堂本さんの年齢は二十代後半くらいだ。おじいちゃんが父に会社を譲って引退したのは私が幼い頃なので、年齢差の大きいふたりに交友があったとは考えにくい。

堂本さんはゆるく首を左右に振る。

「俺は藤宮佐助との面識はなかった。藤宮翁《おう》のほうから、申し出てほしかったんだがな」

「それは、どういうことなの……？」

「藤宮翁はどうやら孫であるあんたに、何の説明もしていなかったようだ。彼が残した遺産を、俺がすべて話してやろう」

遺産ということは、もしかしたらおじいちゃんが残してくれた財産でもあるのかしら……。

父は何も言わないけれど、会社の資産状況は逼迫している。それに私は婚約破棄されて借金を背負っている。それらを祖父の遺産でまかなうことができたなら、と一縷の希望を持つ。

やがて車は閑静な高級住宅地に辿り着く。

その中でも、ひときわ広大な敷地を有する邸宅が目を引いた。塀瓦が連なる純白の漆喰塀にぐるりと囲まれ、丁寧に刈り込まれた庭木がのぞく。建物がいくつかあるようだが、塀が高いので全容はわからない。とてつもない豪邸だ。

「こちらはすごい邸宅なのね。どちらの名士なのかしら」

祖父が会社の創業者とはいえ、私の家とは比べものにならないほどの豪勢さに驚き、つと感嘆が零れた。

堂本さんは何気なく答えた。

「俺の家だ」

「……えっ」

「正確には、俺の祖父である堂本権左衛門《ごんざえもん》が建てた邸宅だ。じいさんは堂本組の初代組長であり、連合会長も兼ねていた。地主でもあったから、名士ではあるな」

なんとここが堂本さんの家らしい。

車は数寄屋造りの壮麗な門をくぐる。球形の犬柘植《イヌツゲ》が整然と並ぶ路を、ゆっくりと進んでいった。

やがて樹木に隠されて見えなかった邸宅が露わになる。

手前には三階建てのモダンなビルがあり、入り口の前にずらりと整列した男性たちがこちらに向かってお辞儀をしていた。

「あそこがうちの事務所だ。あいつらは住み込みの若衆たちで、家事や雑務を任せている」

「みなさん住み込みなのね。ヤクザ……ではなくて、極道は古い慣習の世界だと聞いたことがあるわ。まるで相撲部屋みたい」

なにがおかしかったのか、堂本さんは朗らかに笑った。

目つきが鋭いので、一見すると凄みがあって怖そうだけれど、弾けるような笑顔は見ていて心地よいものだった。白い歯が私の目に眩しく映る。

「わ、私、変なことを言ったかしら？」

「いや、あんたの見方が、俺にとって新鮮だったのさ。そのとおり、極道は独特の世界だからな。葵衣が『極道』と言ってくれて嬉しいよ」

「そう？　郷に入っては郷に従え、ということだしね。おじいちゃんのことで、お話を聞く間だけよ」

つん、と唇を尖らせてそっぽを向く。

堂本さんが口端を引き上げてこちらを見ていたが、知らんぷりを決め込んだ。いつの間にか『葵衣』と呼び捨てにされていることに対して反抗的な気持ちが芽生えた。けれど遺産について解決すれば、彼に会うこともなくなる。呼び捨てなり、あんた呼ばわりなり、好きにすればいい。

そう考えていると、事務所の奥にある荘厳な屋敷の前に停車した。

すると、すぐさま若衆らしき男性がドアを開けて堂本さんに声をかける。

「お帰りなさいませ」

「おう。——ほら、お嬢。出ろ」

車を降りた堂本さんは、私に向けててのひらを差し出した。

先ほど家を出るときもそうだったけれど、なぜ私をエスコートしてくれるのだろう。極道といえば偉そうにしていて、女性をないがしろにするというイメージがあるのに。

「けっこうですから」

てのひらを無視して降りようとすると、すっと私の手を掬い上げた堂本さんに腰を抱かれる。

さらりと強引にリードされるので、反発心が湧いた。

「ちょっと……車から降りるくらい、ひとりでできますから！」

「そういうわけにはいかない。お嬢は大切な体なんだからな。すべて俺に任せておけ」

ついさっき会ったばかりなのに、どうしてそんなに丁重に扱ってくれるのかわからない。

けれど『郷に入っては郷に従え』と自分で述べたばかりなので、無理に堂本さんの手をはねのけることはしないでおいた。

それに、彼のてのひらから伝わる体温はとても熱くて、どきどきと胸が高鳴ってしまう。

こんなふうにエスコートしてもらうのが初めてだからかもしれない。

堂本家の玄関に入ると、そこはまるで高級旅館のように壮麗な造りをしており、目を瞠る。

玄関は数十人が一度に出入りできるほど広々としていた。磨き上げられた飴色の廊下は艶めいている。

「お邪魔します……」

「どうぞ」

「靴はひとりで脱げますから」

いつの間にか咲夜さんが背後に控えていたので、素早く告げておいた。

堂本さんが軽く頷いたので、咲夜さんはすっと身を引く。

手を取られたまま導かれた応接室の豪華さに、また驚かされる。

本革張りのソファセットに、大理石のローテーブル。精緻な模様の絨毯は、高名な産地の織物だ。いずれも高級品ばかりで、金額にしてみたら大変な高額だろう。

平静を装いつつ、しっとりとした革のソファに腰を落ち着けた。

向かいに腰を下ろした堂本さんは、どっしりと構えている。さすが屋敷の主人といった風格が醸し出されていた。

そこへ、黒のスーツをまとった金髪の若い男性が、銀盆を携えて音もなく入室してきた。

銀盆には紅茶の入ったティーカップが二客のせられている。

くつろいだ様子の堂本さんが、提供される紅茶を眺めていた私に声をかけた。

「砂糖とミルクは、いるか？」

「……いいえ、いらないわ」

婚約破棄されたとき、ちょうど紅茶に砂糖を入れている最中だった。縁起が悪い気がするので、これからはストレートで紅茶を飲もうと心に決める。

そんな事情を知らない堂本さんは、金髪の男性に顎をしゃくる。テーブルに置こうとしていた砂糖壺とミルク入りのポットを銀盆にのせたまま、軽く一礼した男性は部屋を辞した。

「そう硬くなるな。紅茶には媚薬も青酸カリも入ってないぞ」

「……堂本さんは冗談が下手なのね。まったく面白くないわ」

冷めた目線を投げて、ソーサーごと紅茶のカップを手にする。ティーカップに描かれた繊細な模様が美しい。立ち上る芳しい香りは、上質な茶葉を思わせた。こくりと、ひとくち含む。温かい紅茶が強張っていた体をほぐしてくれるようだった。

「そのとおりだ。俺の冗談は面白くないと、よくうちのやつらに酷評される」

朗らかに笑った堂本さんも紅茶を嗜む。

ひと息ついて、私から本題を切り出した。

「それで、私の祖父が残してくれた遺産があるということだけれど、それは何かしら？」

知らず、声が弾んだ。

おじいちゃんが預けていた骨董品のひとつでもあるという話なら、今の私にとってはありがたい。お金に換えたら借金を返せるし、父の会社も助けられるかもしれないのだ。

期待する私の心を諫めるかのように、堂本さんはゆったりと構えていた。

「そう結論を急がなくてもいいんじゃないか？　ここは母屋なんだが、離れもあるんだ。贅を尽くした豪勢な造りでな、俺が建てた特別な屋敷さ。ぜひ見ていかないか」

「お宅見学は、けっこうよ。まずは遺産を見たいわ」

お金持ちの骨董品や屋敷の自慢は長いものと相場が決まっているので遠慮したい。今すぐに遺産の正体を知りたかった。

「そうか。まあ、離れを見るのはあとからでもいいしな」

「ええ、そうね。機会があれば」

社交辞令を述べておいたけれど、遺産さえ受け取ったら、極道の家に長居は無用である。

意味ありげに口端を引き上げた堂本さんは、軽く手を上げた。

先ほど紅茶を提供してくれた金髪の男性が、今度は長方形の盆に紫色の布をのせてきた。

絹と思しきそれはかなり大きく、賞状を包んで保管しておくようなものと推測される。

大きな袱紗《ふくさ》みたいね……もしかして土地の権利書かしら？

跪いた男性は慇懃に、堂本さんへ盆を捧げた。布を外した堂本さんは取り出した書類を、大理石のテーブルに広げてみせる。私は身を乗り出して、その書類を見た。

そこには筆で書かれた流麗な文字が躍っている。達筆すぎて、なんと書いてあるのか読めない。末尾の署名に、『藤宮佐助』と記されているのはわかった。祖父の筆跡だ。署名の下には真紅の拇印が押されている。その隣には、もうひとつの名前と拇印もあった。

「これは、おじいちゃんのサインだわ……。この拇印、もしかして血なの？」

祖父が、よく筆と墨を用いて署名していたことを子ども心に覚えている。

けれど拇印つきのものは初めて見た。

「血判状だから、そりゃ血だな。指を刃で切って判を押すんだよ。それだけ二十年前に交わされたこの誓いが強固だという表れだ」

薄く笑んだ堂本さんは、さらりと言った。どうやらこれは土地の権利書などではなく、私的に交わされた血判状なるものらしい。

「血判状……？　おじいちゃんは、堂本さんに何を誓ったというの？」

「藤宮佐助がこの血判状を取り交わした相手は、俺の祖父だ。ここに、堂本権左衛門の名前があるだろう」

指を差されたところを見ると確かに、もうひとつの名は『堂本権左衛門』と記されている。その下には、祖父のものと同じように拇印が添えられていた。

堂本さんは言葉を継いだ。

「俺たちの祖父は親友だった。うちのじいさんは顔が広かったからな。パーティーで藤宮翁と知り合ったんだろう。だがあるとき、藤宮製紙が営業不振に陥り、莫大な負債を抱えることになった。そのときに十億の金を貸したのが、堂本権左衛門だ」

「じゅ、十億円……!?」

とてつもない金額に目を瞠る。藤宮製紙は創業以来、幾度か訪れた危機を乗り越えてきたのだけれど、堂本さんの話は初耳だった。

「正確には、貸したのではなく、あげたんだ。堂本権左衛門は金の返済を求めなかった」

「えっ……十億円もの大金を？　いくら堂本さんのおじいさんが気前がよいとしても、十億円を寄付のように差し出すなんて考えられないわ」

「そうだろう。だから、この血判状が交わされたんだ」

私はテーブルに広げられた血判状に改めて目を落とした。

冷や汗を滲ませながら、達筆な文字の中に『十億円』という記載がないか探してしまう。もし今さら十億円を返済しろだなんて迫られても、返せるわけがない。

「これ……借金の借用書なの？」

震える声でうかがうが、堂本さんはゆるく首を横に振った。それだけで緊張した糸がゆるみ、ほっと安堵の息をつく。

堂本権左衛門は貸した金の返済を求めないということだから、やはり借金という形ではないのだ。

けれど、次の堂本さんの言葉が私の背筋を凍らせる。

「血判状には、『金の代わりとして、藤宮佐助の孫娘を堂本家に嫁入りさせることを約束する』とある。つまり、葵衣が俺の嫁になるってことだ」

「……え」

予想もしなかった内容に、目を瞬かせる。

血判状を眺めると、確かに『孫娘』『嫁入り』などの単語があった。

おじいちゃんの孫は、私ひとりしかいない。二十年前に取り交わされた約束ということは、当時の私は二歳である。つまり私の知らないところで、結婚相手がすでに決められていたということなのだ。

そんなことは初耳なので驚きを隠せない。遺産というからには骨董品かと思ったのに、まさか極道への嫁入りだったなんて。

どうしよう……。おじいちゃんは私を売り飛ばしたということなの？

優しかった祖父がそんなことをするなんて思いたくない。だけど血判状は実在しており、何度目を背けてもそこにある。

私が極道の嫁になんてなれるわけがない。しかも堂本さんとは、ついさっき会ったばかりなのに、結婚を了承できるわけがなかった。

「そんなことを急に言われても……おじいちゃんは私に何も言っていなかったわ」

「察しがつく。血判状を交わしたあとの藤宮翁はこれまで、堂本家にひとこともなしだったからな。十億円で会社を持ち直すことができたのに、約束は反故にしようとは随分と図々しいじゃないか」

ごくりと唾を呑み込む。

当時のおじいちゃんがどういう気持ちで血判状に拇印を押したのか、想像を巡らせる。十億円の代わりとはいえ、極道の堂本家に私を嫁入りさせることを、おじいちゃんはためらったのではないだろうか。だから私に、血判状の存在を秘密にしていたのだ。きっとそうだと信じたい。

「……こう言っては不躾かもしれないけれど、おじいちゃんは堂本権左衛門さんに脅されて、仕方なく血判状にサインしたのではないかしら。だって、おじいちゃんは堂本さんの名前を口にしたこともないのよ」

「そうかもしれないな。堂本組は世襲で組長を継ぐ。俺もひとり息子で兄弟はいないんだ。うちのじいさんが堂本組の将来を考えて、嫁入りの話を藤宮翁に持ちかけたのだろう。じいさんは俺が子どもの頃から、『おまえの嫁は、藤宮の孫娘だ』と嬉しそうに語っていた。俺はいつ許嫁に会わせてもらえるのだろうと期待していたものさ」

許嫁という言葉に呆然とする。

私には亮と婚約するずっと前から、婚約者が存在していたのだ。その相手が極道だなんて、想像もしなかった。

呆気にとられている私に堂本さんは、ぐさりと刃を突き立てるように言う。

「たとえ脅されたとしても、血判状に承諾したのは藤宮佐助の意思だ。己が死ねば無効になるだろうなんて考えは、甘いんじゃないか。なあ、葵衣。血判状の主役としては、祖父を不義理者にしたくはないよな」

ぐっと胸が痞《つか》えた。

堂本さんの言うとおりで、祖父の気持ちがどうあれ、傍《はた》から見れば不義理者に違いない。十億円を提供してもらっておいて、その代わりに孫娘を嫁にやるという約束には知らぬふりをしたまま亡くなったのだから。

「でも、堂本さんの気持ちはどうなの？　血判状の約束だけで結婚相手が決められてしまうなんて困るんじゃない？　それに私たちは初対面で、お互いのことを好きでもないのよ」

血判状が取り交わされたのは私たちが子どもの頃だったので、当人同士の意思はそこにはない。大人になればいろいろな人と出会い、自らの意思で交際して結婚相手を決める。残念ながら私はうまくいかなかったけれど、堂本さんには結婚を考える相手はいなかったのだろうか。

極道とはいえ、こんなに魅力的でお金持ちの彼なら、結婚したいと願う女性はたくさんいるだろう。祖父が勝手に決めた婚約者なんて、好きになれるかどうかもわからないのに、いくら約束だからといって無理に結婚する必要なんてないのではないか。

ところが堂本さんは、長い足を組んで悠々とソファに凭れた。

私を眺める双眸が猛禽類のごとく細められる。

「俺は、おまえがいい。これから俺のことを好きにさせてやるよ」

どきん、と胸が弾む。

思わずときめいてしまったけれど、すぐにかぶりを振った。

「だめよ……私、婚約破棄されたばかりで、その借金を抱えているの」

「そうらしいな。薬師神から報告を受けている」

「え……知ってたの⁉」

「葵衣の近辺は部下に調査させている。藤宮翁は決して俺を葵衣に会わせようとしなかったから、動向を探らせてもらった。無理強いするのもどうかと思ってこれまでは様子を見ていたが、藤宮翁の一周忌が済んだのを機に、血判状の存在を伝えさせてもらったわけだな。婚約者なんぞいても別れさせるつもりでいたが、男のほうから断ったようで都合がいい」

堂本さんには婚約破棄されたことを知られていたのだ。

もとは彼が正しい婚約者なのだから、約束を実行するために私の動向を注視するのは当然のことかもしれない。

亮とはもう終わっているので、彼との結婚は諦めている。

だからといって、堂本さんと結婚しようという気にはなれなかった。

極道の世界なんて、無理に決まっている。極道は縛られた閉鎖的な世界、そして暴力に塗れているというイメージがある。彼と結婚してこの世界で生きていこうだなんて、そんな覚悟は持てなかった。どうしても結婚は断りたい。

「私が子どもの頃から堂本さんの婚約者だったという事情はわかったけれど、だからといって結婚するのは困るわ……。あなたと結婚したら、私は堂本組の姐さんになるわけでしょう？　極道の嫁は、姐さんとして組を支えていかなくてはならないのよね？」

「それはそうだな。葵衣が俺と結婚したら、堂本組の姐御だ。悪くない地位だぞ」

「いやよ。極道の姐御だなんて。私は極道の世界のことなんてまるでわからないのよ。務まるわけないいじゃない」

そう言って拒否すると、眉を寄せた堂本さんは考え込むように、手を顎に当てた。

ややあって、その手で膝を打つ。

「わかった。結婚は保留にしてやろう」

「本当⁉」

「ああ。いきなり極道の姐御となると、堅気には重荷だろうしな。ただし、血判状の約束は果たしてもらうぞ」

どういうことだろうと首を傾げる。

結婚しなくても、嫁入りする約束は叶えられるというのか。

私は極道の姐御にならなくて済み、祖父の不義理を払拭できるという方法があるのならば、それが最高の形だ。

「結婚しなくても血判状の約束を果たせるって、それはどんな方法なの？」

期待に目を輝かせる私に、堂本さんは妖艶な笑みを向けた。

「俺と子どもを作れ」

「……えっ？」

予想もしなかった答えに目を見開く。

堂本さんは言葉を紡いだ。

「じいさんは組の跡目ほしさに血判状を交わした。それならば嫁入りしなくても、子が生まれたなら血判状の本来の目的は果たせるわけだ。葵衣が組の姐御になりたくないという意向は汲んでやる。その代わり、俺の子を孕め」

堂々と宣言されて、私は彫像のごとく固まる。

最高の解決法とは、堂本さんの子を跡取りとして産むことらしい。

それならば結婚はしなくてもよいので、極道の世界に入らなくて済む。出産さえ終わらせてしまえば、私はふつうの暮らしができるだろう。血判状の約束を無事に果たたして、祖父の名誉も守れる。

けれど、それを叶えるには妊娠しなくてはならない。つまり、堂本さんと……。

「あの……一応おうかがいしますけど、子どもを作るには、その……」

顔を赤らめて言い淀んでいると、堂本さんは明瞭に言い放つ。

「俺とセックスしろということだ。毎晩な」

「ま、毎晩⁉」

「当然だろう。そのための特別な屋敷が、葵衣のために俺が建てた離れというわけさ。これから俺との子を孕むまで、おまえが籠もる屋敷だよ。もうここから逃げられないぞ」

先ほど離れの屋敷を見ないかと誘われたのは、そういうわけだったらしい。まさか私がこれから住むことになる屋敷だとは思わなかった。

妊娠して出産するまでは、最短でも十か月ほどかかる。それまで屋敷に籠もっていなければならないというのだろうか。

戸惑った私はソファから腰を浮かせた。

「ちょっと待って。私、もう家に帰れないの？」

「帰れるさ。子どもを産んだらな。しばらく堂本家で面倒を見るということは、薬師神が葵衣の両親に説明しているはずだ」

「えっ……じゃあ、訪問したときから、私がここから出られないことは決まっていたのね」

堂本さんはソファから立ち上がった。大理石のテーブルを回り、私を見下ろすように眼前に立つ。

それから口端を引き上げて、悪い男の笑みを見せる。

「今さら何を言ってる。おまえが俺のものだってことは、二十年前から決まってんだよ」

息を呑む私に、さらに彼はとどめを刺した。

「それとも、十億円を丸ごと返すか？」

そんなお金を用意できるわけがない。ただでさえ、借金があるというのに。

大体、十億円のことは私が小さい頃に勝手に交わされたものだ。私が返す義務なんてないはず。

そんなこと知りません、と言って席を立つのは簡単なこと。

だけど……そうやって投げ出したら、血判状の約束は解消されないままになる。相手が極道とはいえ、融資してくれた相手に不義理を働くことになってしまう。

十億円を返す手立てがない以上、さらに借金に苦しむことになり、おじいちゃんのせいでこんなことに巻き込まれたのだと、生涯にわたって恨み続けてしまうのではないか。私を可愛がってくれた優しいおじいちゃんに、そんな思いを抱きたくない。

それに、両親にも迷惑がかかるかもしれない。

堂本さんが正当な婚約者ならば、この婚約を破棄しても、両親に借金があることが知られて、無理して返済をしてもらうことになりかねない。せっかく会社が持ち直してきたところなのに、それは避けたい。

堂本さんは念を押すように言葉を重ねる。

「会社は今も営業不振だろう。十億円を払う余裕なんてないよな」

断ったからといって堂本さんが諦めるとは思えない。会社の状況も見透かされているのだから。

おじいちゃんの名誉のためにも、家族のためにも、私が人身御供《ひとみごくう》となってこの問題を解決しなければならない。

この人の子どもを産むしかないのだ。

決心した私は顔を上げて、まっすぐに堂本さんを見た。

「……わかったわ。あなたの子どもを、産みます」

そう告げると、とろりとした笑みを見せた堂本さんは私の肩を抱いた。

「よく言った。それじゃあ、さっそく離れに案内しよう」

不本意だけれど仕方ない。私は堂本さんに連れられて、重い足を動かした。


離れの屋敷は、母屋と渡り廊下でつながっていた。

厳かな廊下からは、枯山水の庭園が見渡せる。光り輝く玉砂利が描く水の流れに、自然の山を思わせる勇壮な岩、そして優美に枝を伸ばす松の木々。

まるで平安貴族が愛でるような美しい庭園は、俗世から隔離された空間に思える。

「さあ、ここがおまえの家だ」

離れの重厚な扉を堂本さんが開ける。

どきどきしながら足を踏み入れるが、そこは至って一般的な日本家屋といった風情で、変わったところは見受けられなかった。間口がやや広く、黒塗りの廊下が延びている。ずらりと障子が並んでいるので、和室が連なっていると思われた。

「あ……ふつうのお屋敷なのね」

子を孕むために籠もる屋敷というものだから、座敷牢でもあるのかと恐れていたけれど、考えすぎだったようだ。私の肩を抱いて離さない堂本さんは、障子を開けて和室を見せてくれる。部屋には座卓が置かれていたが、がらんとしていた。こちらの離れは、普段は使用していないらしい。

「この和室は部屋をつなげて三十畳くらいにできる。隣は食事をとる部屋だ。ここまで出てくるのが面倒なときは、下でもいいぞ」

彼の説明に小首を傾げる。下とはどういう意味だろう。まるで階下があるような言い方だけれど、ここは一階だ。

ところが廊下の角を曲がると、階下へと続く階段が現れた。

「まあ。地下があるのね」

「半地下だな。採光が取れる設計にしたから明るいぞ。寝室に浴室、それにリビング、ダイニングルームには小さいがキッチンもついている」

堂本さんの説明を聞きながら、ともに階段を下りる。扉を開けると、半地下とは思えないほど真新しくて明るいリビングに目を瞠った。飴色の調度品でまとめられた室内は趣がある。

「素敵だわ……。なんだか老舗のホテルみたいね」

「俺のセンスは古くさいと若衆に言われたんだが、もし葵衣の好みに合わないなら、家具を一新して改装しよう」

「いいえ！　このままで充分よ」

「そうか。気に入ってくれたなら嬉しい」

私のために住まいを用意してくれるばかりか、好みまで考慮するという心遣いに、じわりと胸が綻んだ。亮は新居の手続きを命令して代金を払わせただけなので、彼が私を気遣ってくれたことなど記憶にない。

ううん、比べてはいけないわね……。

ふるりとかぶりを振る。事情が異なるのだから、比較するべきではない。

それに私は堂本さんと結婚するわけではない。彼の跡取りを身ごもるために、ここにいるのだから。

けれど堂本さんは襲いかかってくるわけでもなく、悠然としている。彼は綺麗にクッションが並べられたソファに腰を下ろした。

自然な仕草で手を引かれたので、彼の隣に座る。

広いソファだけれど、堂本さんは大きなてのひらで私の手を包み込み、空いた手は肩に回してくるので、互いの肩がぴたりと触れ合う。

「用があったら、そこのベルを鳴らせ。専属の召使いを若衆の中から見繕っておいたから、呼んだら犬みたいに駆けつける。茶を淹れろだとか、買い物に行ってこいとか何でも命令しろ。ただし、添い寝しろとは言うんじゃないぞ。若衆が小指を詰めることになるからな」

小型の呼び出しベルに目をやっていた私は眉をひそめる。堂本さんの言うことは本気なのか冗談なのか、どう受け止めてよいのかわからない。

「……堂本さんは本当に冗談が下手なのね」

「セックスはうまいぞ。今夜が初夜だ。楽しみに体を洗って待ってろよ」

「……首を洗って待ってろ、の変化形なのかしら。なんだか親父ギャグみたい」

あけすけに言うので、呆れつつも顔が赤くなる。恥ずかしくなり、そっと顔を背けた。

そんな私を見た堂本さんは困ったように眉尻を下げる。

「組のやつらにとって俺はオヤジだけどな。ちなみにだが、組長を『オヤジ』と呼ぶ慣習が極道にはある。俺はその呼び名があまり好きではないから、『組長』や『堂本さん』と呼ばせているがな」

「そうなのね。オヤジというと、お父さんみたいだものね」

「組ではそういう存在だってことだな。だが葵衣から、お父さんのように扱われるのは少々こたえるんだが……おまえは俺の七つ年下だから、二十二歳か」

「そうね。ということは、堂本さんは二十九歳なのね」

私が婚約者だと知らされた二十年前、堂本さんは九歳だったことになる。

許嫁に会いたいと期待に胸を膨らませていた少年のときの無邪気な彼が、目に浮かぶような気がした。

堂本さんは真摯な双眸で私を覗き込んでくる。

「二十九歳は恋愛対象か？」

「ど、どうかしら。少なくとも、私は堂本さんをお父さんみたいに思ってないわ」

「そう言ってくれると嬉しいけどな」

堂本さんは眩しそうに目を細めた。

祖父同士が決めた許嫁なのだから、恋愛対象かどうかなんて気にする必要はないと思うのに、どうして彼は私と恋愛したいみたいに言うのだろう。

私はどうなのかしら……。堂本さんと恋愛するなんて……。

会ったばかりだし、子どもを作れという滅茶苦茶な要求をされているのでまだそんなことは考えられない。

けれど、堂本さんは紳士的で素敵な人だ。

そう思った私は慌てて思い直す。彼に好感を持ったわけではない。婚約破棄されたばかりなのに、すぐにほかの人を好きになるなんて、私はそんなに浮ついた女ではないつもりだ。

ときめきそうな心を抑えて冷静になると、くい、と顋《おとがい》を掬い上げられる。

「あ……」

精悍な顔が傾けられ、雄々しい唇が近づいてくる。

吐息がかかるほど顔を寄せた堂本さんは、唇に弧を描く。

「俺と、キスできるか？」

ふたりの視線が絡み合う。

試されるように言われて、私は心を奮い立たせた。

「で、できるわ」

血判状の約束を果たすため、彼と妊活に励んで、子をなさなければならない。

その覚悟を胸に刻み、きゅっと唇を引き結ぶ。

だが緊張した体が、ぶるりと震えた。

その震えは密着している堂本さんに伝わり、彼はフッと笑いを零す。

私が瞬いたそのとき。

ちゅ、と額に温かなものが触れた。

意識したときにはもう、雄々しい唇が私の額から離れていく。初めてのキスは、ほんのわずかな、瞬きの隙間を縫うものだった。

てっきり、唇にキスされるものと思ったのに……。

物足りなさを覚えた私は額に手をやりながら、慌てて心の中で否定する。

これではまるで期待していたみたいだ。予想に反して額だったから意外に思っただけで、べつに唇にキスしてほしかっただとか、そういうわけではない。

戸惑った私は、うろうろと視線をさまよわせる。

そんな私の表情をじっくりと眺めていた堂本さんは、甘い声で囁いた。

「可愛がってやる。今夜は安心して俺に身を委ねろ」

かぁっと頬が朱に染まる。

堂本さんのことなんて、好きでもなんでもないのに。

それなのにどうして胸が高鳴っていくのだろう。

私はもう彼と目を合わせることもできなくて、ただ曖昧に頷いた。

リビングのソファで休んでいると、堂本さんが手ずから紅茶を淹れてくれる。

彼の淹れてくれた紅茶はとても美味しかった。

ふくよかな香りは、私の好きなメーカーのブラックティーだ。花々の風味は砂糖を入れなくても、ほんのりとした甘さを感じる。

心が落ち着くとともに、ふと、私はこうしてくつろいでいる場合だろうかという思いが頭を掠める。

両親は今頃どうしているだろう、私が堂本家にいるという話を聞いただろうか、心配していないだろうか。

それに、身ひとつで連れてこられたので、手ぶらだった。

両親や友人に連絡を取ろうにも、スマホは自室に置いたままである。

誰にも連絡できないのは、さすがに不便だ。

隣で紅茶を嗜んでいる堂本さんに、さりげなく訊ねた。

「あの……堂本さん。スマホを家に置いてきたの。取りに行ってもいいかしら？」

鋭い目つきをした彼は、音もなくカップをソーサーに置いた。

「おまえはここから逃げられないと言っただろう。若衆に取ってこさせよう……と、言いたいところだが、スマホで誰と話すつもりだ？」

「両親と話したいの。私が無事でいると、伝えないといけないわ。突然いなくなったから、きっと心配しているだろうし」

それを聞いた堂本さんはティーカップを置いたその手で、ベルを押す。

すぐに咲夜さんが顔を出して平伏した。

「お呼びですか」

「薬師神をここに呼べ」

言いつけられた咲夜さんは「承知しました」と言って、すっと扉を閉める。

そういえば薬師神さんが両親に説明してくれるはずだけれど、その後はどうなったのだろう。

すると間もなく、扉がノックされ「薬師神です」と低い声が届いた。

「入れ」

「お待たせいたしました。藤宮家からただいま戻りました」

慇懃に礼をした薬師神さんは、一歩だけ室内へ入ると、扉の傍に直立した。咲夜さんと同じように、堂本さんの領域に無粋に踏み込むことはしない。それが極道の礼儀なのかもしれない。

堂本さんは悠然として報告を促す。

「首尾はどうだ。葵衣の両親はなんと言っていた？」

「ご両親に仔細をお話ししましたところ、お父様は血判状の存在を薄々ご存じのようでしたので、さほど驚きはありませんでした。お母様は心配していましたが、こちらでお嬢様を丁重にお預かりする旨を懇切丁寧にお話ししましたら、ひとまず納得されました。コンサルにつきましても、ご指示どおりにいたしました」

両親は事情を知ったのだ。とりあえず私は行方不明などの扱いにはなっていないので、ほっと胸を撫で下ろす。

報告を受けた堂本さんは、私に目を向けた。

「――ということだ。安心したか、葵衣」

「そうね。私がここにいると両親が知っているだけで、ほっとできるわ」

父は血判状の存在に気づいていたようだ。おじいちゃんが、のちのためにそれとなく話していたのかもしれない。結婚を前提として婚約者の家に同居するという名目なら、母も納得してくれるだろう。とはいえ、私は本気で結婚するわけではないけれど。

それについては、いずれ改めて説明が必要になるだろう。

ふと私は、薬師神さんの報告に含まれていたものに小首を傾げる。

「コンサルって……堂本さんが何らかの指示を出したの？」

「俺の信用する人間がコンサルとして藤宮製紙に入った。おまえと俺が結婚したら、藤宮製紙の社長は俺の義父になる。義父の会社を手助けするくらい当然のことだ。万事うまくいくから、おまえは何も心配しなくていい」

どうやら、うちの会社をコンサルという形で支援してくれるようだ。

すでに祖父の代にお金を工面してもらっているというのに、とても助かる。

それを聞いて、ほっと胸を撫で下ろした。

「ほかに、薬師神に聞きたいことはあるか？」

堂本さんは軽く手を上げた。私が何もないと言ったなら、彼はすぐにでも薬師神さんを手で払って退出させるつもりのようだ。

はっとした私は、スマホのことを思い出す。

「あの……私のスマホが部屋にあるので……」

言いかけたところで、堂本さんが手を振る。

薬師神さんは一礼すると、さっと部屋を出ていった。

「あの……」

困惑した私が堂本さんに目を向けると、ずいと彼は顔を近づけてきた。

キスしそうなほどの距離に臆して、身を引く。

だけど堂本さんはさらに距離を詰めてくる。

すぐにソファの端についてしまい、彼は背凭れに腕を突いた。強靱な腕の中に囚われてしまった私は、ごくりと唾を呑み込む。

鋭い双眸は、まっすぐに私を見据えていた。

「両親のことは心配ない。報告どおりだ。なぜそんなにスマホが必要なんだ？」

「だって……ほら、友達に連絡したりするじゃない。結婚がダメになったから、何かあったのって心配されてるし……」

「俺という許嫁がいるんだから問題ない。まさか前の男に連絡を取るつもりじゃないだろうな」

嫉妬の焔が彼の瞳に宿っているのを見つけて、私は身を小さくする。

今さら亮と話したいわけではない。彼が借金を負担するつもりがないのは、わかりきっている。それに未練があるわけではなかった。

勝手に決められた許嫁とはいえ、今の私には堂本さんがいるのだから。

「そんなつもりじゃないわ。もう亮とは連絡がつかなくなってるんだから」

「ほう……。おまえをひどい目に遭わせた男なのに、随分と馴れ馴れしく呼ぶんだな」

「それは、ただ言い慣れていただけよ！　だけどそんなに長い付き合いでもないの。

許嫁の期間としては堂本さんのほうがずっと長いわけでしょう?」

彼の嫉妬を宥めようとして、呆れつつも指摘する。

すると堂本さんは切なそうに双眸を細めた。

「そうだとも。葵衣は二十年、俺の許嫁なんだ。だから言っておくが、俺以外の男に触れることは許さない。もちろん俺も、おまえ以外の女には触れない。もし前の男と連絡を取ったら、俺はその男を殺す」

物騒な台詞に、目を見開く。

まさか本気ではないと思いたいけれど、それだけ彼の独占欲が強いのだと知らされる。

驚いている私に、堂本さんは言葉を継いだ。

「葵衣を信用していないわけじゃないが、悪い虫から遠ざけるためにも、しばらくはこの屋敷内で生活するんだ。外との連絡を許可するかどうかは追々考える」

つまり、私という許嫁を取り返されたりしたらプライドが許さないので、落ち着くまでは外部との連絡を禁止するということらしい。

「わかったわ。そこまで連絡を取りたいわけでもないから」

ここは堂本さんのテリトリーだ。穏便に血判状の内容を済ませるためにも、彼の言うとおりにするべきだろう。

了承すると、堂本さんは蕩けるような極上の笑みを見せた。

「いい女だ。おまえは俺だけを見ていろ」

そう言って、彼は私の頬に掠めるようなくちづけを落とす。

びっくりした私が思わず頬に手を当てると、堂本さんは楽しげに笑った。


やがてリビングに射し込む西日が最後の輝きを放つと、辺りは藍の帳に包まれる。

これまでのことを思い返していた私は、部屋が暗くなったのにふと気がついて、照明のリモコンを操作した。

堂本さんは用があるらしく、先ほどから席を外している。

部屋には私ひとりなので、しばらくぼんやりしていた。

途端に室内は煌々とした明かりに包まれ、眩しさに目を眇める。

居心地のよい部屋は空調が効いており、何の不自由もない。閉じ込められているという感覚は、あまりなかった。

「見張りとか立ってるのかしら……。べつに逃げ出したいわけじゃないけど」

独りごちながら、手にしていたリモコンを戻す。

そのとき、堂本さんが顔を見せた。

「待たせたな。夕食にしよう」

「そうね。今日はいろんなことがあったから、お腹が減ったわ」

夕食をいただけるのはありがたい。

ソファから腰を上げると、すぐに堂本さんが私の肩を抱いてきた。

「今夜は特別なメニューを用意させた。葵衣がうちに来た、記念すべき日だからな」

「そ、そう？」

記念日というほどではないと思うけれど、せっかく特別な料理を用意してくれたのならいただこう。

堂本さんに案内され、リビングを出ると階段を上る。

夕食は一階の和室に用意されていた。雅な京懐石の膳は特上のものだとわかる。ライトアップされた庭園を愛でながら味わう食事は優雅なひとときだ。

まるで高級料亭のように煌びやかな数々の料理を目にし、くうとお腹が鳴ってしまった。

「まあ……美味しそう」

「たくさん食え。うちの料理番が腕によりをかけて作ったからな」

箸を取り、まずはすっぽん仕立ての薫り高いお吸い物で、体の芯まで温まる。

真鯛のお頭がついたお造りは、輝くような鮪や甘海老、ぶりに真鯛と色とりどりで、まるで海の宝石箱のよう。それから、あわびの肝焼きに、ふぐの唐揚げ、蟹のあんかけなどの豪華な主菜が鉢物としていくつも並ぶ。

黒毛和牛のすき焼きは極上の舌触りで、とろりと口の中で蕩ける。

さらに、うなぎご飯に赤だしと香物が添えられている。

豪勢な懐石料理を堪能していた私は、ふと、うなぎやすっぽんといった食材が使用されている理由に気がついた。

いずれも高価な食材であるこれらには、精力を増進させる効果があるという。

途端にこれからの淫靡な行為を意識してしまい、顔を火照らせる。

切り子グラスに注がれた冷酒を嗜んでいた堂本さんは、薄い笑みを浮かべた。

「どうした。顔が赤いぞ」

「……べ、べつに。お料理が美味しくて感動したのよ」

あなたに抱かれることを想像して顔が赤くなりました、なんて言えるわけがない。

視線をさまよわせた私は庭園に目を向けた。今、堂本さんの顔を見たら、平静でいられない気がする。

枯山水の庭園には、満月が浮かんでいた。月光が庭に神秘の輝きを降らせている。しばらく見惚れていると、顔の火照りが収まってきた。

堂本さんをそっと見やると、箸を手にしている彼は膳に目を落としていた。

だけど、ゆったりと顔を上げると、彼は極上の笑みを湛える。

「デザートはシャインマスカットだ。俺の好物だから、よく産地から取り寄せている」

堂本さんがそう言うと、音もなく開かれた障子から、盆を手にした作務衣姿の男性が現れた。給仕をしてくれる若衆らしいけれど、その顔には帽子から垂れた薄布がかけられている。まるで舞台の黒子のようだ。

黒子は無言でシャインマスカットがのせられた小皿を、堂本さんと私の傍にそれぞれ置いた。萌葱色をした大粒のぶどうは種がなく、皮ごと食べられる高級品だ。

どうしてこの人は顔を隠すのかしら……？

不思議に思い、首を傾げていると、私の疑問を察した堂本さんが説明する。

「こいつは、うちの若衆だ。この離れと、おまえの身の回りの世話を任せることになる。だが、ちゃんとした挨拶を受けるのは後日にしてくれ」

「どうしてなの？」

堂本さんはグラスを掲げる。切り子の冷徹な美しさが、彼の美貌を際立たせていた。

「初夜だからな。ほかの男の顔を見て、おまえの気を散らせないためさ。今夜は俺だけを見て、俺のことのみを考えろ」

雄の独占欲を発揮させた堂本さんは、グラスを傾ける。

お酒を飲んでいない私のほうが、くらりと酔ったような感覚に陥ってしまった。

また赤くなってしまった顔を見られたくなくて、うつむいた私はぶどうの粒を口に含む。上質のぶどうは、口の中で甘く蕩けた。


夕食を終えたあとは、階下へ戻る。

廊下に出たときに玄関のほうを見たけれど、特に見張り番などはいないようだった。とはいえ、若衆たちは敷地内に住み込みをしているそうだから、いつでも誰かがいるのだろう。離れには用があるときしか、彼らは出入りしないようだ。

だからか、ここはとても静謐な空間だった。

豪華な料理をいただいて、お腹はいっぱいだ。堂本さんはすべてをぺろりと平らげ、さらに冷酒まで飲んでいたのに平然としている。

彼はリビングを通り過ぎ、奥の部屋へ歩を進めた。

もしかして、寝室……？

どきどきと高鳴る胸を抑えつつ、彼のあとについていくと、とある部屋の扉の前に辿り着いた。

そこで、つと堂本さんは振り向く。

低くて甘い声で呼びかけられた。

「葵衣」

「な、何かしら。堂本さん」

ただ呼ばれただけなのに、びくりと肩が跳ねてしまい、声が上擦る。

これからのことを過剰に意識しているようで、恥ずかしい。

そんな私の様子を堂本さんは面白がるように見下ろした。

「その『堂本さん』は、やめてくれないか。俺たちは夫婦だろう」

「仮の夫婦よね」

「そういうことだが、これから肌を合わせる相手に対しては、あまりにも他人行儀じゃないか。俺のことは『貴臣』と名前で呼んでくれ」

「わかったわ。……貴臣」

彼の名を口の中で転がすと、極上のぶどうのごとき甘味を覚えた。

艶めいた笑みを見せた堂本さん――貴臣は、体を傾けてきた。互いの距離がいっそう縮められる。

こくん、と唾を呑み込んだ私は緊張してしまい、うつむきがちになる。

実は、私は処女だった。

亮とは婚約者ではあったものの、結婚するまではできないと私から言っていたので、肉体関係はない。

それなのに急に子作りするために初体験を迎えるなんて、戸惑いと緊張が胸のうちで綯い交ぜになる。

貴臣の長めの前髪がはらりと落ちかかるのが、間近に見えた。それほどにふたりの顔は近い。

「風呂に入るか。ふたりでな」

「え……？」

耳に囁かれた低い声音に、目を瞬かせる。

ふたりで入浴する……ということは、私の裸が完全に見られてしまう。これから子作りにともなう行為をするわけだけれど、その前に全裸をさらすだなんて、私の常識では考えられないことだった。

「そ、それは、ちょっと……今日は落ち着いて入りたいから」

怒られたら怖いので、できれば断りたくはなかったけれど、知り合ったばかりの貴臣の前で全裸になるのは抵抗があった。

私の予想に反して、彼はあっさりと頷く。

「そうだろうな。風呂で楽しむのは、あとからにするか」

「あとから……？」

「ほら、行くぞ。少々変わった造りの部屋だから、驚くなよ」

ぽん、と大きな手が肩に触れる。扉を開けた貴臣に促されて、室内へ入った。

するとその部屋には前室のようなスペースがあり、さらに奥へ行くと、クラシックな長椅子やテーブルセットが鎮座していた。

「とても広いのね。ホテルのスイートルームのようだわ」

「広くないと落ち着けないからな。この部屋だけで生活できるように造っておいた」

テーブルと椅子があるので、ここで食事をすることもできるだろう。別室にはリビングとダイニングもあるというのに、とても贅沢な造りだ。

微笑んだ彼は私の背を抱くと、部屋の奥を指し示す。

「風呂場はそこだ。ゆっくり体を温めてこい」

「……それじゃあ、お先にお風呂をいただくわね」

最奥がバスルームという造りらしい。そちらから照明の光が零れているのが見えた。

バスルームへ向かいかけたとき、室内に紗布で囲われた一角があるのに気づく。精緻な細工が施された台座で一段高くなっているその場所は、まるで舞台のよう。

どうしてここに舞台があるのかしら……？

確かに一風変わった造りだった。ベッドがないけれど、それ以外はラグジュアリーホテルの寝室みたいだ。

貴臣は精緻な細工が彫られた椅子に腰を下ろすと、虚空を見据えている。考えごとでもあるようだ。

広い脱衣所に入って服を脱ぎ、からりと引き戸を開ける。

引き戸の隣は壁ではなく、磨り硝子が広がっていた。

浴室には、黒々とした御影石の湯船から、温かそうな湯気が立ち上っている。

「わあ……素敵。けっこう広い浴室なのね。ひとりで使うのは寂しいくらいだわ」

一度に五人は入れそうな大きな湯船に、ここが旅館だと錯覚してしまいそうだった。

桶で掬った湯で体を流してから、ゆったりと湯船に浸かる。

「ふう……きもちいい……」

ひと息つくと、今日の怒濤の流れが脳裏をよぎる。

貴臣の姿を目にしたときは、本当に驚いた。

あのときは無法者のヤクザだと思ったけれど、それを除いたら、なんて綺麗な人なんだろうという驚きが心の隅に息づいている。それくらい彼は、しなやかな猛獣のようで、雄々しく猛々しかった。

これが違う形で出会ったなら、すぐにでも彼に恋していたかもしれない。

だけど事情は穏やかではなかった。

私は祖父が残した血判状により、極道の許嫁の屋敷にさらわれてきたのだ。

そして、彼とこれから子作りをして、妊娠しなければならない。

どうしてこんなことになってしまったんだろう。のんびりと湯船に浸かっている場合なのだろうか。

でも、祖父に不義理者という不名誉を負わせたままではいられなかった。

貴臣の祖父から十億円という大金を出してもらったおかげで、当時の藤宮製紙は倒産の危機を免れたのだ。跡取りがほしいという貴臣の願いを叶えるのは、堂本家への恩返しにもなる。

「そうよね……これは正しいことなんだわ……」

小さく呟いたひとりごとが、温かな湯気に溶けていく。

好きでもない男——とはいえ、私はほかに好きな人がいるわけではない。むしろ、恋人に裏切られて傷ついたので、もう誰も好きになれないかもしれない。

だったら、何の感情も持たず、貴臣を受け入れればいいだけ。

湯船の中で、ぎゅっと自らの身を守るように抱きしめる。体を重ねれば、すぐにでも妊娠するかもしれないのだから、少しの辛抱だ。

これまでの貴臣の人となりを見るに、乱暴者には思えないが、もしかしたらベッドでは豹変するかもしれない。でも、今さら逃げ出すことなんてできない。

不安を抱いていたそのとき、コンコンとバスルームの磨り硝子がノックされた。

「葵衣、のぼせてないか？　わざと倒れて病院に搬送されようなんて考えていないだろうな」

「そ、そんなわけないじゃない！　私はちゃんと約束を果たすわ。見くびらないでちょうだい」

強気で言い切り、慌てて湯船から上がる。

磨り硝子の向こう側に、うっすらと男の影が見えているので、室内側からも裸の輪郭が透けて見えるのかもしれない。

たまらない羞恥が湧き起こり、脱衣所に駆け込んでバスタオルを掴んだ。

手早く体を拭き、ハンガーにかけてある純白のバスローブを着込む。ふわりとした上質な素材が肌に優しい。

ほっと息をついた私は脱衣所から出ようとして、扉を開ける。

すると、眼前に貴臣が立っていた。まるで番人のように立ちふさがっているので、思わず身を引いてしまう。

「溺れていなかったな。心配したぞ」

「……ご心配おかけしました。お風呂どうぞ」

「では、俺も入ろう」

微笑を浮かべた貴臣は、私と入れ替わりに脱衣所へ入っていった。

彼の安堵した様子から察するに、今の心配は冗談ではなく、本気だったらしい。極道なのに、怖いのか優しいのか、よくわからない男だ。

でも、今まで私の周りにはいなかったタイプだわ……。

ほかほかに温まった体を、長椅子に落ち着ける。そうすると、これから起こるであろう行為を想像してしまい、自然と体が強張った。浴室からは、貴臣が入浴しているかすかな音が聞こえてくる。

無理やり組み伏せられたら、どうしよう。

けれど泣いたりしてはいけない。貴臣がどのようなやり方をしたとしても、受け入れなくてはならないのだ。

そう覚悟を決めたはずなのに、ぶるぶると体の震えは止まらなかった。

ややあって、がらりと脱衣所に続く扉が開く。お揃いのバスローブをまとった貴臣は微塵も憂いのない顔をして、大股でこちらに近づいてきた。

「待たせたな」

「ま、待ってないわ。早かったのね、もっとゆっくり浸かっていいのに」

気丈に振る舞ってみたものの、すぐに長い腕が絡みついてきて、体ごと掬い上げられる。

「きゃ……な、なにするの⁉」

「お嬢様を閨《ねや》にさらうんだよ。俺の忍耐もそろそろ限界だ」

軽々と横抱きにされて、舞台へ連れ去られる。

数段の階段を上った貴臣は紗布を掻き分けた。

そこには純白のシーツが広がっていて、二組の枕が並べられている。舞台と思っていたが、ここが寝所だったようだ。仕切られていたので、それとはわからなかった。

ほのかな明かりを照らす行灯が、薄暗い褥《しとね》を橙色に染め上げている。

私の体は優しく布団に横たえられた。

すると片手を取られ、指を絡め合わせてつながれた。強靭な肉体が覆い被さり、仰臥する私の体をすっぽりと隠す。

どこにも逃げ場はなく、彼の腕の中に囚われた。

精悍な顔が近づいたと思ったとき、雄々しい唇にくちづけられる。

目を閉じて、彼の唇の弾力を味わった。

あ……きもちいい……。

貴臣の唇も、つながれたてのひらから伝わる熱も、体の奥深くまで浸透して不安を鎮めさせた。

情熱的な愛撫を施され、蕩けた体は彼の中心に貫かれる。破瓜の血を流した私は、貴臣の子種を体の奥底で受け止めた。

これで彼の子を、孕んでしまうかもしれない。

けれどそのことに嫌悪はなく、それどころか愛しさが胸を占めていた。

どうしたというのだろう。彼との行為は、義務だったはずなのに。

乱暴に扱われるかもなんて不安に思っていたけれど、そんなことはまったくなかった。貴臣は紳士的に、けれど情熱をもって、私を抱いた。

そのことに安堵している私がいた。極道だからといって、乱暴者かもしれないだなんて、浅はかな思い込みだった。

霞む意識の中でそんなことをぼんやり考えていると、体を重ねた貴臣は頬を擦り合わせてくる。しっとりとした彼の肌の感触が安堵をもたらした。

「……最高だ。好きだぞ」

「あ……」

とくん、と胸が弾む。

貴臣に『好き』と言われて嬉しかった。私の胸にも恋心が芽生えるのを感じたから。けれどすぐにその淡い喜びを打ち消す。

これは体を重ねた相手に対するリップサービスなのだと、私の脳が冷静に分析した。行為のあとなのだから、そうとしか考えられない。もしくは、『体が好き』という意味なのだろう。

間近から私の顔を覗き込んできた貴臣は、愛しいものを見つめるように双眸を細める。

情欲に濡れた瞳に愛しさの欠片がちりばめられているのを目にし、切なさが胸を衝いた。

彼の熱の籠もった愛撫と甘い囁きに溺れていく。

私は意識を失うまで抱かれ続け、濃厚な精を呑み込まされた。

そうして私は数日間、褥に囚われ続けた。

今日は何日なのかわからず、貴臣以外の誰とも顔を合わせない。

愛欲を貪ることとの繰り返し。

やがて頽れるようにして意識を手放した私は、ふと唇をふさがれたことで、うっすらと瞼を開けた。

「ん……」

口中に冷たい水が流し込まれ、夢中で飲み下す。

くちうつしで喉を潤すのは、なんて心地よいのだろう。まるで乾いた大地に雨が染み込むように、じんわりと水分が体中に浸透した。

濡れた唇が離れると、貴臣はまた情欲に塗れた双眸を向けてきた。彼の性欲は限りがない。絶倫の男の相手をする大変さを身に染みて知ったが、今回は体を求める発言ではなかった。

「飯の時間だ。起き上がれないなら、ここで食べさせてやる」

もう食事の時間らしい。

食事は別室のダイニングに用意されているので、初めはそこでいただいていた。けれど食事を終えるとすぐに求められることもあったためか、「移動が面倒だ」と言い出した貴臣は、いつの間にか寝所のテーブルにセッティングさせるように命じたらしい。

舞台のような寝所のエリアから歩いてすぐの位置なのだけれど、さらにベッドにまで食事を持ってこられたのでは、褥から出る時間がなくなってしまう。

「だ、大丈夫よ。食事のときくらいは落ち着いて食べたいから、テーブルへ行くわ」

そう答えると、片眉を上げた貴臣はバスローブを手にする。彼はそれを、ふわりと私の肩にかけて裸の体を覆った。

「なんだ。俺に抱かれてるときは落ち着かないのか？」

茶化すように言われ、自らもバスローブを羽織った貴臣に腰をさらわれる。行為が終わったあとでもこうして彼はかまってきて、私から視線を逸らさないので、体の熱が冷める暇がなくて困ってしまう。

「落ち着かないわよ……。わけがわからなくなってしまうの」

「それでいい。俺とのセックスに夢中になっているおまえは最高に可愛いぞ」

額にくちづけをひとつ落とされる。たったそれだけのことで貴臣の熱を感じてしまい、胸がきゅんと疼いた。

テーブルへ着席すると、そこにはご飯に味噌汁、鮭の切り身、小松菜のおひたしにお新香と、旅館の朝食のような膳が用意されていた。和食に限らず、洋食や中華など毎回様々なメニューが提供されるので飽きない。

貴臣とともに、「いただきます」と挨拶した私は手を合わせる。

箸を手にして食事をいただく。食材に高価なものが使用されていることがわかるが、それ以上に調理の腕前がよい。いただく食事はどれも味つけが絶妙で、美しく盛りつけされていた。

「食事は若衆が作ってくれているんでしょう？　まるでプロが作った料理みたいね」

「そんなに美味いか？」

「ええ、とても」

「俺にはあまり味がわからないけどな」

なぜか私の顔を見ながら箸を進める貴臣は、手元を見ていない。それにもかかわらず、ご飯のひと粒も零したりはしないのだけれど。

彼はいつもそうなので、不思議に思い訊ねてみた。

「あの……貴臣はどうして私の顔を見ながら食事するのかしら。ご飯を見ないから味がわからないのじゃなくて？」

「おまえを見ていたいからだ。一瞬たりとも目が離せない」

その答えに、私は箸を取り落としそうになった。かぁっと頬が火照る。

「貴臣ったら……もう」

獲物を見定めるように貴臣は、こちらに眼差しを注ぎながら自らの唇を舐める。妖艶なその仕草に、どきりと胸が弾んだ。

ずっと彼に囚われていて、心と体は甘い悦楽に浸ってばかり。

でもそれが、嫌ではないのが戸惑いを生む。

貴臣の絡みつくような視線に困りつつ食事を終える頃、ふいに部屋の扉が小さくノックされる音が耳に届く。

そんなことは初めてだったので首を巡らせると、素早く席を立った貴臣が大股でそちらへ向かった。衝立となる壁があるので、テーブルから部屋の出入口は見えない。

男性の声がひとこと何かを告げると、貴臣が「そうか」とだけ返答しているのが聞こえた。

戻ってきた貴臣の瞳から、欲の色が消えているのを見て取った私の心は、なぜか落胆する。

ど、どうして私、がっかりしてるの……？

まるで、もっと抱いてほしいと願っていたみたいだ。彼とはあくまでも契約として体を重ねているだけなのに。

慌てて自らの心を立て直し、平静を装う。

「どうかしたの？」

「上に用意ができた。おまえに見せたいものがあるから、着替えろ」

見せたいものとは何だろう。

小首を傾げたけれど、この淫蕩な空間からひととき抜け出せるわけなので、気分転換ができる。私はいそいそと席を立った。

ところがシャワーを浴びようとすると、貴臣がぴたりと後ろをついてくる。

まだ一緒にお風呂に入ることは、許していない。明かりのもとですべてをさらすのは羞恥があるから。そう言っているのに、貴臣は果敢にその一線を越えてこようとする。

「……シャワーを浴びるわね」

「俺もだ。一緒に浴びるか」

「それは、ちょっと。恥ずかしいから、だめ」

上目遣いで断ると、ぐっと息を詰めた貴臣は鋭い双眸を向けてくる。

けれど、すぐに目元をゆるめると、心を鎮めるかのように深い息を吐いた。

「まあ、今から一緒に風呂に入ったら長引くことは間違いないからな。俺は母屋で済ませてくる。ゆっくり支度していろ」

そう言って踵を返す貴臣の背を見送る。

なぜか物足りないような想いが胸に吹き込んだけれど、慌てて打ち消した。

ふう、とひと息ついた私はバスローブを脱ぐと浴室に入り、熱いシャワーを浴びる。

ふと紅いキスマークが内股に散っているのが目に入る。

「こんなにつけるんだから、もう……」

迷惑なはずなのに、なぜか声が弾んでしまう。

けれど、浴室から出て洗面台の鏡を見たとき、さすがに息を呑んだ。

首筋から胸元にかけて残されている無数のキスマークは、ひどい執着の徴《しるし》のようで青ざめる。ずっとベッドにいて睦み合っていたので、これほどついているなんて気づかなかった。

これを貴臣以外の誰かに見られたら、何事かと驚かれてしまう。

「そうだわ。ストールで隠せないかしら」

着替えのため、部屋にあるウォークインクローゼットへ赴く。そこにはワンピースやブラウス、スカートなどの洋服が取り揃えられていた。引き出しを開けると、下着のほかにストールも置いてある。ここを訪れたときには着古した部屋着だったので、ありがたく用意されていたものを借りることにした。

白のブラウスにピンクのスカートを穿いて、水色のカーディガンを羽織る。サイズはぴったりだった。シフォンのストールを首元に巻き、姿見に映して、キスマークが隠れているのを確認する。

そのとき、クローゼットの外から声がかけられた。

「葵衣、どうだ。服は選んだか？」

貴臣がやってきたので、扉を開ける。

まだ濡れている髪を、彼は無造作に掻き上げる。すでに漆黒のシャツとスラックスをまとっていた。裸体よりも雄の色気が滲んでいて、どきんと跳ねた鼓動を素知らぬふりをして抑える。

「ええ。着替えたわ」

私の服装を一目見た貴臣は、双眸を細めた。

首に巻いたストールを、指先でするりとなぞられる。

「寒いのか？　どうして綺麗な首元を隠すんだ」

どうしてと問われて、開いた口がふさがらない。

あなたがキスマークをつけるからですけど……。

唇を尖らせた私は、さりげなく貴臣の手を退けて、ストールの位置を調整した。

「寒いからよ。ずっと裸でいたから風邪を引いたみたいだわ」

「それはいけないな。裸でいさせた詫びとして、身にまとうものをプレゼントしてやろう」

微笑んだ貴臣は私の腰をさらって部屋を出る。階段を上って一階へ行くのは久しぶりだ。

「でも、服はクローゼットに入っているわ」

「まあ、見てみろ。これをおまえのために用意させた」

一階に到着すると、貴臣は和室の襖を開け放った。

飾り気のない和室だったその部屋から眩い光が溢れる。

「まあ……」

そこには数々の豪奢な着物が衣桁《いこう》掛けにされて飾られていた。

鮮やかな百花繚乱が舞う朱の友禅に、可憐な桜吹雪の白綸子《りんず》、漆黒の縮緬《ちりめん》地には怜悧な月夜が描かれている。いずれも意匠を凝らした高価な代物だ。しかも着物だけではなく、金彩や黒繻子《じゅす》の帯に、色とりどりの帯締め、それから螺鈿《らでん》細工のかんざし、鼈甲《べっこう》の櫛などの小物もずらりと揃えられている。

「どれにする。お嬢に似合うものをすべて持ってこいと並べさせたが、これじゃあ足りないな。——おい、咲夜」

「はい、ここに」

廊下に膝を突いていた彼は、初日に家を訪れた若衆だ。華奢な体格で気づいたけれど、この和室で夕食をいただいたときに給仕してくれた黒子も彼だった。

「呉服屋に伝えろ。すべて購入するから、もっと着物を持ってこいとな。お嬢を着飾らせるのに、こんな数枚じゃどうしようもない」

「承知しました」

貴臣の言い分に驚き、息を呑む。

腰を上げかけた咲夜さんを慌てて止める。

「ちょっと待って、咲夜さん！　それは必要ないわ」

こんなに高価なプレゼントを贈ってもらうわけにはいかない。着物は一枚だけでも大変な高額だ。それどころか貴臣は店ごと買い占めそうな勢いである。

私が制止したことに、貴臣は眉をひそめた。

「おい、葵衣。こいつに限らず、組の者に敬称をつけるな。全員を呼び捨てにしろ」

そちらのことかと思ったが、呼び名にも極道のルールというものがあるらしい。それに応じないと話を聞いてくれなそうなので了承した。

「わかったわ。それじゃあ呼び捨てにするわね。それはともかくとして、こんなに高価な品物をプレゼントしてもらうわけにはいかないわ。もちろん追加の着物もいらないから」

「ほう……」

貴臣は世にも奇妙なものを見るように目を瞠って、私の意見を受け止めていた。

どこに驚くような要素があったのかわからない。私は妙なことを言っただろうか。

驚いていた貴臣だったがすぐに笑みを浮かべ、ぐいと私の肩を引き寄せる。

「わかった。宝石だな。服だけあっても仕方なかったな」

「全然わかってないじゃない！　ほかのものがほしいって言ってるわけじゃないの。着物も宝石も、私には必要ないわ」

今度こそ虚を衝かれたように、貴臣は仰け反る。

彼は焦燥を滲ませて、私を説得しにかかった。

「何を言ってるんだ。俺の女に相応しい物を贈るのは当然だろう。遠慮しないで受け取れ」

『俺の女』と言われて、どきりと胸が弾む。

けれど私は貴臣の恋人ではないし、まして結婚するわけでもない。ベッドをともにした女への報酬のように物を与えられるのは傷つく。

私は頑なに首を横に振った。

「遠慮なんかしてないわ。私は貴臣の恋人でもなんでもないのだから」

絶句した貴臣は、呼吸を止めている。

ごく当たり前のことを言ったつもりだけれど、なぜか彼に驚愕を与えてしまったようだ。

私たちのやり取りを見かねた咲夜は、正座していた廊下に手を突く。

「殴られるのを覚悟で自分から組長に申し上げたいことがあります」

「なんだ咲夜。言ってみろ」

貴臣に促された咲夜は困り顔で助言する。

「組長のセンスが、お嬢さんの好みと合っていないのではと思われます。好みではない着物を贈られても困るんじゃないでしょうか。それにお嬢さんは堅気ですから、いつも着物を着ているわけではありません」

「そのとおりよ。私は宝石や着物を贈られても困るわ。普段は今着ているような服でいいのよ」

目を眇めた貴臣は納得がいかないらしい。

「服でも宝石でもなかったら、おまえは何がほしい。どんな贅沢でもさせてやるから、望みのものを言ってみろ」

彼は私に何らかの贈り物をしないと気が済まないようだ。

どう言えばよいのか悩んでいたとき、廊下に人の気配がした。

つと振り向くと、咲夜とは反対側に金髪の若衆が平伏している。

「お話し中、失礼します。薬師神さんがお呼びです」

薬師神は、貴臣の会社の顧問弁護士だ。堂本組の幹部でもあるらしい。

貴臣は数日、私とこの屋敷に籠もりきりだったので、仕事が溜まっているのではないだろうか。

嘆息を零した貴臣は、私の肩を一度ぎゅっと抱くと、するりと離して立ち上がった。

「ちょっと行ってくる。――おまえら、お嬢を頼んだぞ」

咲夜と、もうひとりの若衆は頭を下げた。

重厚な足音が母屋へ向かうため遠ざかっていくのを耳にし、胸にすきま風が吹いたような心許なさを覚える。

どうしてこんな……寂しいなんて思うのかしら。

胸に手を当てていると、金髪の若衆に声をかけられる。

「お嬢さん、初めまして。俺は料理番の玲央《れお》と申します。離れの料理はすべて俺が調理しています。お嬢さんに食物アレルギーがないのは事前に組長から聞いてますが、嫌いな食べ物なんかはありますか？」

これまでいただいた数々の料理は、彼が作っていたのだ。旅館やホテルのようなクオリティの高い料理はプロの料理人を彷彿させる。そういえば、初めて堂本家を訪れたときに紅茶を提供してくれたのは玲央だった。

「嫌いな食べ物はないわ。いつも美味しい食事を作ってくれて、ありがとう。プロみたいに上手なのね」

「調理師資格を持ってます。以前はホテルやレストランの厨房で働いていたんですけど、わけあって辞めて、組長に拾われまして」

辞職したわけを掘り返すのは失礼なので聞かないが、理由はなんとなく察せられた。玲央の容貌が恐ろしいほど華やかなのだ。

精緻に整った目鼻立ちは誰が見てもイケメンで、体つきはすらりとしている。それに加えてやや長めの金髪なので、黒のスーツも相まって水商売のホストにしか見えない。

こんなに綺麗な人が調理場にいたら、上司からセクハラされるなどのトラブルに巻き込まれてもおかしくないと思えた。

「そうなのね。てっきり女性のお手伝いさんが作っているものだと思っていたわ。私が子どもの頃はそうだったから」

「極道は男の世界なので、料理も掃除もすべて若衆たちがこなします。女性のお手伝いさんを雇うというのは、少なくとも堂本組ではありえません。この家にいる女性は、お嬢さんだけですね」

そう言った玲央は咲夜に目を向け、言葉を継いだ。

「離れの掃除やお嬢さんの身の回りのお世話は、咲夜が担当します。こいつは若いですが仕事ができるので、何でも言いつけてやってください」

咲夜は床に手を突いて平伏した。

「ご挨拶が遅れまして申し訳ありません。咲夜と申します。組長から、お嬢さんのお世話を任されました。何卒よろしくお願いいたします」

堅苦しくも、きっちり挨拶される。

咲夜の誠実な態度には好感を持ったが、同時に困惑も湧いた。

離れの担当ということは、私と貴臣との生々しい情事もすべて彼は知っているわけである。クローゼットに衣服をしまったり、タオルなどを交換して度々部屋に出入りしていれば嫌でも気がつくだろう。まるで物音をさせないので、私のほうからは彼の存在に気づかなかったけれど。

咲夜は私よりも若いだろうに、何とも思わないのだろうか。

頬を引きつらせつつ、平伏している咲夜に訊ねる。

「……顔を上げてちょうだい。私はひとときの間、この屋敷にお邪魔しているだけだから。極道の姐さんじゃないのよ。そんなにかしこまられると、話しにくいわ」

「お嬢さんがそうおっしゃるのなら、少し崩しますね。二割ほど」

「二割……。咲夜は年はおいくつなのかしら。私は二十二歳だけれど、私より若いみたい」

「自分は十九です」

さらりと答える咲夜に絶句する。顔立ちが幼く中学生ぐらいに見えるので、落ち着いた物腰と礼儀正しい受け答えとの落差が激しい。

衝撃を受けている私に、咲夜は慌てて言い募る。

「こんな顔だから子どもだと思われることが多いんですけど、いろいろと場数を踏んでいるので、多少のことには動じませんから。自分は堂本組に入って一年ほどの新参者なのに、特別な仕事を与えられて光栄です」

閨でのことは気にしないと必死に言い訳されているように聞こえてしまい、顔を赤らめた私は身を小さくする。

片目を眇めた玲央は、からかうように咲夜に笑いかけた。

「回りくどいんだよ。組長とお嬢さんがヤってるとこ見ても興奮しませんからって、はっきり言っておけ」

「……見ていませんから。玲央さんは料理は上手なのに、配慮は足りないところがありますよね」

「言うじゃねえか。もっとも俺のいいところは、料理と顔だけだからな」

「そのとおりですよね。見た目はホストですし」

「おめえは『狂犬のチワワ』だろ。——お嬢さん、咲夜はこんな顔して腕っぷしがメチャ強いんですよ。半グレだった頃は喧嘩番長で、ついたあだ名が狂犬のチワワっていう……」

「ちょっと玲央さん、やめてくださいよ！　過去は関係ないです。今の自分は堂本組の若衆なんですから」

過去を暴露する玲央を、咲夜は焦った様子で遮った。

仲のよさそうなふたりのやり取りが微笑ましくて、私は微苦笑を浮かべつつ見守る。

さて、と懐からメモ帳を取り出した玲央はペンを構える。

「それじゃあ自己紹介が済んだところで、お嬢さんの好きな料理をうかがいましょうかね。ちなみに俺の年齢は二十二歳です。お嬢さんとタメですね」

「……お嬢さんの代わりに自分が答えますけど、聞いてないです」

「うるせえよ。——で、朝食は和食とアメリカンブレックファストのどちらがお好みですか？」

くすりと笑いを零した私は、どちらも好きと答えた。

さらに詳細な料理の好みを訊ねられ、好きなお茶にまで話が及び、楽しく会話に花を咲かせた。

二章　ふたりのつながり

薬師神に呼びつけられたため、俺は離れの廊下から母屋へ向かった。

葵衣を残していくのは不服だが、彼女に聞かれたくない内容をこのあと薬師神と話すことになると予想できたので、咲夜と玲央に任せておく。

案の定、母屋への扉の前で薬師神が待ち構えていた。俺の姿を見るなり、慇懃に頭を下げる。

「出迎えご苦労だな。書斎で待っていていいんだぞ」

「葵衣さんに引き止められてはかないませんので。堂本さんが離れに引きこもっておられましたから、仕事が溜まっています。ぜひ会社にお越しください」

毒舌が混じるのは、この男の礼儀のようなものである。

堂本組の若頭である薬師神は、会社の顧問弁護士を兼任している。長い付き合いだが、いつまで経っても極道に見えない弁護士先生だ。

だが目利きに優れ、遠慮なく理屈を並べて看破する切れ者である。今も俺がすっかり葵衣に骨抜きにされたのを見越したらしい。

「書斎で報告を受けてからだ」

「承知しました」

もし葵衣に縋りつかれたなら、抱き上げて寝所に逆戻りするところだが、残念ながら彼女は媚びるような女ではないと知った。

そういうところも興味を引かれる。

着物や宝石をいらないと言われたときは、かなりの衝撃を受けた。

もしやそれ以上のものを贈れという意図かと勘繰ったが、どうやらそういう意味ではないようである。わけがわからない。そうすると車やマンションを贈っても無駄ということか。どうすればよいのか対処に困る。

今まで俺の周りにいた女たちは媚びてばかりで、金品を要求してきた。葵衣にはもう会えないのではないかと思い込んで荒んでしまい、一時期は遊んでいたこともあった。

だが、もちろん本気になったことなどない。

葵衣はそれらの女たちとは明らかに異なっていた。俺は許嫁のことを何も知らなかったのだと思い知らされる。

「会ったのは子どものときだったからな……」

ぽつりと呟き、薬師神が開けた扉から書斎へ入る。

祖父の残した血判状と、その約束による許嫁が存在することは子どもの頃から知っていた。

「坊よ。おまえには許嫁がおる。藤宮の孫娘で、葵衣という名だ」

西極真連合の会長として、誰もが恐れる極道の親分だった祖父は、俺にだけは目元をゆるめて何度もそう話していた。そして見せてくれた写真には、二歳くらいの小さな女の子が写っていた。

——俺は、葵衣と結婚するんだ。

尊敬する祖父の言うことを子ども心に刻んでいたが、やがてそれは成長するに従って、かすかな落胆に変わる。

祖父は葵衣の写真や血判状を見せるものの、肝心の本人には会わせてくれようとしない。どうやら血判状を交わした相手である藤宮佐助がごねているのだと察した。藤宮佐助は堅気なので、孫娘を極道の嫁にやりたくないという考えがあるのかもしれなかった。

葵衣に会いたいという思いが募った俺は、衝動的に彼女を訪ねたことがある。

誰にも告げずに、ひとりでだ。

そのときの俺は中学生だった。葵衣は小学生のはずで、彼女の家の前でこっそり張り込んだ。藤宮佐助の自宅はすでに調べている。

だが「許嫁の堂本貴臣だ」と名乗り、堂々と訪ねるのはためらった。

大胆な行動に出たら、藤宮佐助に拒絶される恐れがある。あいつは危険な男だとか、葵衣に吹き込まれるかもしれない。もしも彼女を遠方の親戚の家にかくまうなどとなったら、面倒なことになる。

それは避けたかった。

今すぐに決着をつけるのは得策ではない。

俺はただ、葵衣に一目会いたいだけだ。

うららかな午後の陽射しが降り注ぐ中、電柱の陰に隠れて時計を眺めるふりをする。

今思うと不審者そのものだが、俺は必死だった。詰め襟の制服を着ていたので、迎えの車を待っているように見えたのか、通行人に咎められることはなかった。

葵衣はもう学校から帰宅している時間だ。

習い事だとかで、外に出てこないだろうか。

どきどきしながら時計と門に視線を往復させていると、ふいにガチャリと玄関扉が開いた音が耳に届く。

俺の緊張は極限に達した。

どんなに勇猛な極道を見ても、連合の幹部たちが集う会合に顔を出しても、こんなにも緊張したことはなかった。

いっぱいに目を見開いて門を見つめる。ここからは植木が邪魔で玄関先がよく見えない。だが、出てきたのは子どものような気がする。

そのとき「お友達と一緒ですか？」と訊ねる中年女性の声が家の中から聞こえた。敬語ということは家政婦だろうか。それに対して、「うん！」と返事をした女児が、門から姿を現す。

――葵衣だ。

写真でしか見たことがないのに、俺は彼女だと確信した。

品よく整った目鼻立ち、白い肌、長い黒髪は艶めいている。

白いブラウスと赤いスカートをまとった葵衣は、息を呑んで見つめる俺には気づかず、どこかへ向かっていった。

俺はさりげなく葵衣のあとを追う。

彼女を見守るだけでよかった。

だが運命の悪戯なのか、葵衣のスカートから、ぽとりとハンカチが落ちる。

「あ……」

声をかけようとした俺はためらった。

どうする。

反射的にハンカチを拾い上げたが、葵衣は落としたことに気づいていない。こちらを振り向くことはなかった。

俺は、おまえの許嫁だ。

そう叫びたい衝動が、腹の奥底から込み上げてくる。

「――あの、葵衣ちゃん」

だが理性で抑えた。彼女を怖がらせないよう、微笑を浮かべ、優しい声で呼びかける。

ふと振り向いた葵衣は、俺の姿を目に映した。

しまった、つい名前を呼んでしまった。

俺の胸は早鐘のように脈打つ。差し出したハンカチは小刻みに震えていた。

この俺が震えるなんて、信じられないと自分で思った。

「あ……ハンカチ……」

ポケットを探った葵衣は、ハンカチを落としたことに気がつく。

純真な笑みをこちらに向けると、彼女は差し出されたハンカチを手にした。

「お兄さんが拾ってくれたんですね。これ、私のハンカチです」

「あ、ああ」

ハンカチを渡すとき、一瞬だけふたりの指先が触れる。

火傷しそうなほどの熱と衝撃を感じて、ぐっと息を詰めた。

「ありがとうございました」

丁寧に頭を下げた彼女は踵を返そうとした。

俺は咄嗟に声をかける。

「一緒に行ってもいいかな？　俺もこっちの方向なんだ」

「そうなんですね。いいですよ」

「敬語じゃなくていいよ。俺は……中学生だから」

許嫁だから、とは言えずに濁す。

葵衣は長い睫毛で瞬きをしたが、素直に頷いた。不審には思わなかったようだ。

なぜ見知らぬ俺に名前で呼ばれたのか、彼女が疑念を抱かないのに訝るが、一方的に存在を知られている近所の人というところに落とし込んだのかもしれない。

葵衣と並び歩いた俺は、さりげなく彼女の横顔を見た。

この世の穢れなど何も知らないような無垢な瞳に、胸をときめかせる。

こんな気持ちになったのは初めてだった。

「学校は楽しい？」

「うん」

「これからどこに行くの？」

「公園」

「そうか。友達と約束してるのかな？」

「うん」

歩きながらのせいなのか、どうにも会話が弾まない。葵衣は俺への興味など微塵もないようで、こちらに目もくれない。

そもそも俺は名乗ってもいないので、彼女にとって俺は、たまたま会った知人らしきお兄さんでしかない。

しかし、正体を明かすのはよくないだろう。

藤宮佐助に報告されたら、堂本家が葵衣を狙っていると警戒されかねない。

そんなことを考えているうちに、公園へ着いてしまった。

公園では葵衣くらいの子どもたちが多数いて、遊具で遊んでいた。

葵衣はきょろきょろと辺りを見回すが、友人はまだ来ていないようだ。

「友達はまだなのかな？」

「そうみたい……あれ？」

ふと自分の手元を見た彼女は、何かに気づいた。

白い指先には、血がついている。

驚いた俺は思わず葵衣の手を取った。

「怪我したのか⁉」

組同士の諍いで怪我をする舎弟を見慣れているので、血を見ても普段は驚きもしない。それなのに、葵衣が怪我をしたと思うと、平静さを失った。

だが、よく見ると、葵衣の手はどこにも切り傷がない。

「痛くないよ？　――あっ、お兄さんの指にも血がついてる！」

「うん？」

俺は自分のてのひらを見下ろした。

切れた薬指の付け根から血が滲んでいる。

今朝、ヤッパを掴んだときに誤って切った傷から、血が滲んでしまったようだ。素人と喧嘩をすることはないが、俺は組を継ぐ立場なので日頃から訓練をしている。

「ああ……カッターで切ったんだ。指が触れたときに、葵衣ちゃんの手についてしまったんだな。ごめん」

俺のせいで葵衣を穢した。

泣き出したりしないだろうかと、彼女の顔をうかがう。

すると葵衣はポケットを探っていた。

血を拭くためのティッシュでも取り出すのかと思ったが、彼女が手にしたのは絆創膏だった。

剥離紙をめくると、小さな手で俺の薬指に絆創膏を巻きつける。

「いたいのいたいの、とんでけ～」

笑顔で唱える葵衣を、俺は呆然として見守っていた。

そういうまじないをされたのは初めてだ。

彼女はきらきらした目で、まっすぐに俺を見上げる。

「痛いの、治った？」

「……ああ、治ったよ」

俺の頬がゆるりと綻ぶ。

葵衣の優しさに、心が温まった。じんとした感動が胸に広がる。

彼女の血がついた手を、怪我をしていないほうの右手で握りしめる。

「水道で血を洗い流そう」

「うん」

彼女は俺の手を振り払うことはしなかった。

水場に連れていくと、蛇口を捻った俺は身を屈め、水道の水にそっと葵衣の手をかざす。

壊れ物に触れるように、優しく彼女の指を指先で撫でる。

俺の許嫁を、怯えさせないように、そうっと。

葵衣はじっとして、俺のするままに任せていた。

やがて指が綺麗になると、彼女は自ら手を引き、ポケットから取り出したハンカチで拭く。

その表情に嫌悪はなく、平静そのものだった。

「……葵衣ちゃんは、血を見ても平気かい？」

「うん」

「俺のせいで手を汚して、ごめんな」

「ううん。大丈夫だよ」

彼女の笑みが眩くて、俺は目を細めた。

初めて会った許嫁が、こんなに愛しいものだとは思いもしなかった。

そのとき、葵衣を呼ぶ女児の声が聞こえた。友人が来たようだ。それとともに、俺と葵衣のふたりの時間も終わりを告げる。

切ない想いを抱きつつ、俺は腰を上げた。

「それじゃ……俺は用があるから帰るよ」

「うん！　もう怪我しないようにね」

「ありがとう。葵衣ちゃん……」

駆けていく葵衣の背を見送る。

彼女は振り返ると、こちらに向かって手を振ってくれた。

俺も微笑を浮かべ、手を振る。

左手の薬指には、葵衣が巻いてくれたピンク色の絆創膏があった。

すぐに公園から退散した俺は何食わぬ顔をして帰宅した。

自室に戻っても、薬指にある絆創膏が、葵衣に会ったことが夢ではないと教えてくれた。

まるでそれは、結婚指輪のように見えた。

俺の心中で、葵衣と結婚するということが、実現する未来なのだと明瞭な輪郭をもって捉えられた。

運命など信じない。見ず知らずの俺を心配してくれる葵衣の心優しさ、そして彼女の清廉さに、俺自身が惹かれたのだ。

一瞬ともいえる出会いだったが、ずっと大事にしていきたかった。

——俺は、いつか必ず葵衣を迎えに行く。そして今度こそ、俺はおまえの許嫁だと言う。

その決意は、俺の胸のうちに深く刻まれた。

だが時を経て再会したとき、葵衣は俺のことを覚えていなかった。

それもそうだろう。中学生の頃とは顔や体つきが変化している。それに俺は名乗っていないし、葵衣にとっては些末な出来事だったのだろうから。

だがそれでよかった。

困ったのは堂本家のほうの事情だ。

生前の祖父と父は折り合いが悪く、ことあるごとに反目し合っていた。

俺の許嫁のことについても、父が祖父に盾突いたことがあった。

数多の極道をひれ伏させる堂本権左衛門が、ひと声を発すれば、葵衣を連れてくるのはわけもない。なぜ素人相手に手をこまねいているのか——と、俺の父親が怒鳴りつけたとき、祖父は烈火のごとく怒りを漲らせた。

「無理強いして嫁に逃げられたてめえは黙っていろ！」

その叱咤に、父は悔しそうな顔をして押し黙った。

俺が小さい頃、母親は俺を残して家を出ていった。極道が嫌で逃げ出したのだとしか聞いていない。祖父の一喝から、父の女の扱いが下手だったことがうかがえた。

若衆が面倒を見てくれるので、母親なぞいなくとも困っていない。祖父に頭が上がらない父が不憫に思えた。

だが、ふたりが見せる焦燥を俺はすでに感じ取っていた。問題は、俺の代のそのあとなのだ。

堂本組は世襲制なので、将来は俺が嫁をもらって跡取りを産ませなければならないという構図がすでに決まっている。もしそれが穏便にいかなかった場合、堂本組は瓦解する可能性がある。組長の交代で揉めた末に解散する組はいくらでもあった。ゆえに早期に基盤をしっかりとさせ、いざ組長を引き継ぐときには盤石な状態にしておくことが肝要なのだ。

「いいか、坊。女ってのはな、引きずってくりゃいいもんじゃない。じっくりと囲い込むんだ。焦ることはねえ。この血判状がある限り、葵衣は坊の嫁なんだからな……」

そう説いた祖父は俺の誇りだった。

なんとしても葵衣を嫁にもらい、祖父の願いを叶えてやりたかった。

それに俺自身、葵衣と実際に会ったことで、彼女に惹かれていたのだから。

だがその後、抗争で父を亡くし、連合に裏切り者が出るようになると、西極真連合が揺らいだ。西極真連合は複数の組で構成されている一大組織である。にわかに盃を交わしたやつらには信用できない者も多かった。まだ若かった俺が組長を継ぐと決まったときには、外野が火の粉をかけてきたので追い払ったりもした。

そうなると嫁どころではない。

病気を患うようになった祖父が亡くなる前に、堂本組の権威を示しておく必要があった。

やがて父を殺した輩を特定して粛清すると、その後の堂本組は浮き足立つことはなくなった。それを機に、長年の抗争に決着がつき、西極真連合の会長職は祖父が指名した組長が引き継ぐ形で丸く収まった。

堂本組を継ぎ、無事に組長に就任した俺は祖父の死を看取った。

そうしてようやく吹き返したように息をついたとき、俺は二十九歳になっていた。もう葵衣はどうしているだろうか。俺の許嫁は、すでに成人しているはずである。もう迎えに行ってもよいのではないか。

彼女の身辺調査をしていたので報告をさせたところ、藤宮佐助はすでに亡くなっていること、そして葵衣には婚約者がいることを知る。

血判状を形のものとして処理するか、俺は悩んだ。年月が経つうちに、当然ながら事態は変化していたからだ。しかし、葵衣が婚約破棄されたことが転機となり、やはり彼女を迎えに行こうと決意した。

俺が結婚するなら、その相手は葵衣しかいない――。

過去を振り返った俺は、書斎のソファに腰を下ろした。祖父の代から使用している書斎は趣があり、書架に囲まれた室内は密談に向いている。

音もなく向かいに座った薬師神は手にしたファイルから、複数の書類を取り出した。

「葵衣さんが破談になったことにより生じた負債ですが、すべて必要経費として支払っておきました。こちらが領収書になります」

「ご苦労だった」

式場のホテルや不動産屋が発行した領収書を確認する。葵衣の代わりに請求書を処理しておけと、薬師神に指示していたものだ。

ついと、薬師神は眼鏡のブリッジを押し上げた。切れ者のこの男がそういう仕草をすると、話が長いという合図である。

「念のため申し上げておきますと、婚約破棄された側は負担した金銭の返還請求ができます。調査によりますと、ホテルのラウンジにて元婚約者の小溝亮は『藤宮製紙の経営が危ういことを葵衣が隠していたので詐欺であり、費用をすべて負担すべき』という主張をしていますが、藤宮家は生活が困窮するほどではありませんので、婚約解消が認められる正当な理由には該当しません。また、詐欺罪とは個人の財物を不法に侵害する行為を指しますので、単に騙されたというだけでは詐欺罪に当たりません。それよりも、小溝亮がほかの女性と結婚するために葵衣さんと別れたいという理由がありましたので、葵衣さんはむしろ相手側に慰謝料を請求できます。いかがいたしましょうか」

「金のことはいい。こじつけて女に金を払わせようとする男なんぞクズだ。放っておけ」

「堂本さんがそれでよろしいのでしたら」

葵衣は、くだらない男に引っかかった挙げ句に捨てられた。別の男と婚約している事実を知ったときには、どう別れさせようかと思案したものだが、男があっさりほかの女に乗り換えたので手を汚すまでもなかった。

浮気性の男というのは、ほかの跨がる馬を常に探しているので落ち着きがないものである。おそらく小溝とかいう男はまた別の女を探すはめになるだろう。

そんな男と結婚したところで葵衣が幸せになれるわけがない。

諸々のキャンセル料を肩代わりしたところで、手切れ金と思えば、はした金だった。

「それから、葵衣さんのご両親へは血判状について説明済みです。葵衣さんの前で報告したとおりです。コンサルについて藤宮社長は大変恐縮しておりました。ただ、婚約者の家に同居するとはいえ、娘の声を聞かないうちは支援を受けられないとのことです」

「信用がないな。まるで人さらいだ」

「そのとおりでございましょう」

さらりと同意する薬師神に皮肉な笑みを返す。

腹を探られるのは、極道の宿命といったところか。

だが葵衣の両親がまともな考えだったことに安堵してもいた。自分にはもう親がいないので、親が生きているうちに和解しておくべきだと強く思う。

「実家に電話するよう、葵衣に言っておけ。咲夜をつけておけよ。家が恋しくなって
そのまま帰られたら困るからな」

「そのことですが――堂本さんにご意見したいことがあります」

「なんだ。さっさと言え」

また眼鏡のブリッジを押し上げた薬師神を、嘆息交じりに見返す。

「離れを若衆の咲夜に任せるのは、いかがなものかと存じます。彼は堂本組の構成員になって一年足らずと日が浅いですし、十九歳なので葵衣さんと年齢が近いです」

「それがどうした」

咲夜を離れの世話役として指名したのは俺だが、それは大抜擢といえた。若衆はほとんどの者が事務所に詰めており、組長と直接話すことすら憚られる。それなのに特別な仕事を与えられ、組長の屋敷で身の回りの世話をするということは側近も同然で、将来の幹部候補である。

堂本組の構成員は百名以上おり、新参者の咲夜の抜擢を不満に思う声が出ていることは承知している。

薬師神は眉ひとつ動かさず、怜悧な眼差しで述べた。

「間違いがあったら困ります。咲夜は見た目が可愛らしく、女性が心を許しやすいと

思われますが、中身は雄です。過去、何度も暴力事件を起こしています。もし彼が葵衣さんと肉体関係を持てば、堂本さんの面子は丸潰れになります。離れの仕事は、ベテランの舎弟頭に任せたほうがよろしいかと存じます」

そういった意見を出されるのは想定済みだ。

だが俺は、咲夜を高く評価していた。彼の忠義が厚いことは、目を見ればわかる。まっすぐで曇りのない眼差しは、性根がよい証拠である。性悪は横目を使うのが癖になっているので、人前であろうとも無意識に横目で相手の隙をうかがっているものだが、咲夜にはそういった仕草が微塵もない。つまり、俺を出し抜いてやろうとはまったく考えていない。

人は己の心を目つきによって表している。

父が亡くなり、祖父が病に倒れて堂本組が危機に瀕した際に、数々の汚い横目を見てきたから身に染みている。

「強面をつけたら、葵衣が萎縮するだろうが。あえて年齢が近い咲夜をつけたのは、葵衣が安心して過ごすためだ。万一のことを考えて、玲央もつけているから問題ない」

「わたくしとしては、玲央も問題を起こす元凶ではないかと考えています。なにしろ、あの顔立ちですからね。職場でセクハラされて逆に訴えられるくらいですから。また揉め事を起こしかねません」

薬師神はまるでトラブルを予見しているようである。

確かに、玲央が勤めていたレストランで起きたセクハラ事件を引き受け、示談に持ち込んだのが薬師神だった。本人と店主は互いに相手のほうから関係を迫られたという言い分で、主張は完全に食い違っていた。

だが玲央は料理のことしか頭にないような男だ。見目がよいのと、いささか口が過ぎるところがあるゆえに、これまでも似たようなトラブルに見舞われてきたのだと察する。そんな玲央を堂本組の料理番に誘ったのは俺なので、彼に対しても責任があった。

「顔がいいのも考えものだな……。ここでおまえと話していても埒があかない。玲央を呼べ」

「承知しました」

書斎を出た薬師神は、控えていた若衆に言付けてから室内に戻ってきた。

すぐに書斎の扉が軽くノックされる。

「玲央です。お呼びでしょうか」

「入れ」

低く命じると、扉を開けた玲央は一礼して入ってくる。表情は平静そのものだ。

彼には厨房を任せているので、俺や幹部と接する機会が多く、呼び出しに動揺したりはしない。そもそも肝が据わっており、驚いた顔を見たことがなかった。よって秀麗な顔立ちは人形のごとく動じない。女なら、この顔をいくら眺めていても飽きないだろう。

「夕食の仕込みはまだなので、メニューの変更は可能です。本日の夕食はお嬢さんの希望を考慮して、膳に茶碗蒸しをつけます。メインは和牛ステーキの予定です」

ソファに深く背を預けて、淡々と述べられる夕食についての情報を聞く。薬師神は聞き取りを俺に任せるつもりらしく、黙々と書類を整理していた。

「葵衣はどうしている？」

「お嬢さんは咲夜と話しています」

端的にそう告げた玲央は、それがどうしたとばかりに瞬いている。話の方向性を変えてみることにした。

「なあ、玲央。おまえ、女にもてるだろう」

「はあ……。顔がいいですからね。でも組長もご存じのとおり、この顔のせいでトラブルに巻き込まれてきたので、もてるからといって嬉しいことばかりじゃないですよ」

己が美形だと認めるところに嫌味がないが、反感を持たれるのも事実だろう。美醜にこだわる人間にとっては贅沢者の悩みだ。

「おまえの意見を聞きたいんだが、女がプレゼントを受け取らないのは、なぜかわかるか？」

葵衣が贈り物をすべて断ったことが、純粋に不思議だった。玲央も似たような経験があるなら、彼の意見を聞きたいと思ったのだが。

ああ、という顔をした玲央は、あっさり言い放った。

「嫌いだからじゃないですか？　俺は『二千万あげるから結婚して』って迫られたことあるんですけど、断りました。その気がないなら、もらうべきじゃないですよね」

「……そうか」

ぐさりと透明なナイフで刺されて重傷を負った。

正式な婚約者として囲っているというのに、葵衣は俺のことが嫌いだというのか。

反論しようにも理屈はもっともだ。

さらに玲央は傷口に塩を塗り込んできた。

「お嬢さんがそう言っているように聞こえました。あくまで俺の意見ですけど、あれこれ押しつけられると窮屈に感じるんじゃないですかね」

「……なるほどな」

書類から顔を上げた薬師神が物言いたげに玲央を睨んだが、当人は飄々としている。組長に対して不躾だと言いたいのだろうが、忌憚ない意見を聞きたいので問題ない。むしろ、玲央のあけすけなところは好感が持てた。

「そこでもうひとつ訊ねるが、葵衣は咲夜になびくようなことがあると思うか？」

核心に迫ると、玲央はやや考えてから口を開いた。

「ないですね」

断言されたことに驚く。試したつもりだが、まさかきっぱり断定するとは思わなかった。

葵衣と玲央が直接顔を合わせたのは、つい先ほどである。

俺ですら葵衣のことをすべて理解したわけでもないというのに、何が彼をそう確信させたのか興味が湧いた。

「はっきり言うじゃないか。なぜ、わかる？」

「食事でわかります。浮気性の人って、食べ残しが汚いんですよね。お嬢さんはいつも器が綺麗で、残してるときも美しいというか、そういうところに性格が出るんですよ。だから几帳面だし、正しくないことはしないタイプかなぁと思います」

俺が横目を使うかどうかで人間を判断するのと似たようなものか。

葵衣は姿勢がよく、食事の仕方が綺麗だと感心してはいたが、食後の器にまでは着目していなかった。

「なるほどな。貴重な意見だ。——薬師神からは何かあるか?」

明かりに眼鏡を反射させた薬師神は、冷淡な双眸を玲央に向ける。

「では、逆はどうでしょう。咲夜は葵衣さんに惹かれると思いますか?」

薬師神にとって最大の懸念事項を、ずばりと訊ねる。

玲央は平然として答えた。

「それはあると思います」

一瞬、俺と薬師神の時間が止まる。

玲央と咲夜は年が近く、仲がよいので、そんなことはないと庇うのが定石かと予想したのだが。

意外だったのは薬師神も同様のようで、彼は眉間を深くした。

「理由は何でしょう」

「ご存じだと思いますけど、咲夜は家庭環境が劣悪だったから愛情を知らないんですよね。それなのに育ちのいいお嬢さんから親切にされたら、好きになっても全然おかしくないですよ。今まで周りにいなかったタイプだから惹かれるというのは、よくあることですから」

まさに己を言い当てられたような気がして、重い溜息を吐く。

だがすべては仮定の話なので、咲夜を問い質す気は毛頭ない。

だめ押しのごとく、薬師神は愚問を重ねた。

「あなた自身は？　葵衣さんに惹かれますか？」

「それって、寝たい女かって意味ですよね？」

「そういう意味で、わたくしは質問しています」

無機質に美しい玲央の表情は動かない。

彼は驚くべき返答をした。

「そりゃ寝たいですけど、組長に殺されるのはわかってますからね。だからイエスかノーで答えられません」

俺と薬師神は無言になった。堂々と俺たちの前で発言するのは剛胆なのか阿呆なのか。

こいつがトラブルメーカーなのが、わかった気がする。

呆れた溜息を吐いた薬師神は玲央に退出を促す。彼はお茶の用意が必要かうかがってきたので、断っておいた。

書類をまとめた薬師神は、頭痛がするようにこめかみを押さえた。

「最近の若い者は何を考えているのか理解できませんね」

「その台詞が出るってことは、おっさんだぞ」

「わたくしは堂本さんと同い年です。咲夜は尋問しますか？　また頭痛を覚える答えが出るのではないかと思われますが」

「必要ない。憶測で配置替えしていたら組員たちの不信を招く。ひとまず、若い者を信じて任せておけ」

「承知しました」

薬師神は慇懃に頭を下げた。

『若い者』という台詞が出るのはオヤジだという切り返しを期待していたのだが、この冷徹な男は素早く席を立つと、出社を促した。

◆

堂本家を訪れてから半月ほど経ったある日――。

応接室の受話器を手にした私は、久しぶりに聞く母の声に安堵が滲むのを感じていた。

「そうなの。私が住む屋敷がもう建てられていたのよ。とてもよくしてもらっているわ。貴臣さんは優しいし……あ、でも本当に結婚するかは先の話で、もしかしたら戻るかもしれないから」

契約としては、跡取りを産めば血判状の約束を果たしたことになり、婚約は解消される。

だから貴臣と同居生活を送るのは、妊娠して出産するまでだ。

けれど心配させないため、軟禁状態だけど……などという余計なことは母に話さず、元気に暮らしているという近況のみを伝えた。

実家へ電話することを薬師神から促されたので電話をかけたのだけれど、母の声を聞けてよかった。

その会話の中で、私宛てに届いた請求書を薬師神が受け取り、すべて支払ってくれたという旨を知らされる。

結婚式の費用などの借金については、詳細を改めて貴臣に話していた。彼が詳しいことを教えろと求めてきたからだ。「こちらで手を回しておく」とは言ってもらっていたけれど、支払期日の交渉という意味だと思っていたので、まさかすべての支払いを済ませてくれたなんて知らなかった。

そのお金は堂本組からか、もしくは貴臣個人の財布から捻出されたものである。かなりの高額なのに、彼に負担させるわけにはいかない。どうして何も伝えてくれなかったのだろう。

通話を終えて受話器を置いた私は、呆然として呟く。

「どうしよう……こんなにお金を出してもらうわけにはいかないわ」

傍に控えていた咲夜が、私の呟きを拾い上げた。

普段は彼が隣にいることはないけれど、母屋で電話をかけるため、付き添いを申し出られたのだ。

「かまわないじゃないですか。お嬢さんはいずれ、堂本組の姐さんになるんですから」

その言葉に、戸惑いを覚える。

明確に話してはいないけれど、咲夜は大体の事情を察しているはずだ。

「私は貴臣と結婚しないわ。だから極道の姐さんにはならないわよ」

「……そうなんですか。自分は、姐さんになるのは葵衣さんしかいないと思いますけど……」

捨て犬が縋るような目を向けられ、言葉に詰まる。

貴臣のことは嫌いではない。むしろこの屋敷へ連れてこられてから毎晩抱かれているので、濃密な愛撫に蕩けてしまい、心まで絆されそうになる。

けれど、極道の嫁にはなりたくない。

貴臣も、跡取りをもらうだけでよいと初めに契約したのだから、私に嫁という立場までは求めていないのではないだろうか。

血判状をもとにした契約を履行するだけの関係――ただ、それだけだ。

そうわかっているはずなのに、心が軋むのはなぜだろう。

目を伏せていると、応接室の扉が開いた。貴臣と薬師神が入室してきたので、素早く咲夜が私と距離を取り、頭を下げる。

薬師神は鋭い眼差しを咲夜に向けた。

「咲夜。あなたは『葵衣さん』と、名前で呼んではいけません。いかなるときでも、『お嬢さん』とお呼びしなさい。それに組の将来は堂本さんが決めます。若衆が口を出さないように」

「はい。申し訳ありませんでした」

　薬師神は相当な地獄耳だ。謝罪を述べた咲夜は深く腰を折り、顔を上げない。極道のこういった厳格な縦社会にも、苦手意識がよぎった。

　ふたりのやり取りを目にした貴臣は鷹揚な声を出す。

「細かいこと言うな。――咲夜、頭を上げろ」

「ありがとうございます」

　咲夜は深く折った腰を戻した。ぴしりと直立した姿勢に、引きしめた表情。真摯な双眸には貴臣への忠誠が宿っていた。

　そんな咲夜の様子を鋭い目でまっすぐに見た貴臣は、私に視線を移す。そのときにはもう、彼の目元はゆるめられていた。

「葵衣、こっちに来い」

　来いと言いつつ、貴臣は私の腰を引き寄せると、ソファに並んで座る。ふたりの体はぴたりと密着していた。それだけで抱かれるときの体温が伝わるようで、頬が熱くなってしまう。

　室内には薬師神と咲夜がおり、ふたりは平然として後ろに立っていた。

「あの……貴臣。おふたりに見られているのだけど……」

「何をだ」

「だから……私たちがくっついているところ……」

貴臣はことあるごとに私に触れてこようとするのだけれど、人目のあるところではさすがに遠慮してほしい。それとも組長という立場なので、王様みたいに常に部下がついているから気にならないのだろうか。

「それがどうした。おまえが愛しいから、いつでも傍に置きたいんだ」

直截な言葉に、かぁっと頬が熱くなる。気を取り直した私は、先ほどの電話で母から聞いた情報を話した。

「ところで、貴臣は私の借金をすべて払ってくれたのね」

「ああ、それか。俺の女の面倒を見るのは当然のことだ。気にするな」

「ありがとう。でも、決して安くはない金額だわ。いずれお返しするわね」

そう言うと、貴臣は嫌そうに眉をひそめた。

「返さなくていい。他人じゃないんだぞ。おまえの身も心も借金も、全部が俺のものだ」

「な、何を言ってるのよ……」

傲岸な貴臣は執着心が強くて、それを表されるたびに困ってしまう。

でも、それだけ愛されている証のように感じるのも確かだ。彼の強引なところも、困惑はするものの、私の胸は綻んでいた。

けれど素直に受け入れることはまだできなくて、私はもうひとつの困りごとを口にする。

「それに、クローゼットにはいつの間にか着物やアクセサリーがしまわれているでしょう。あれはいらないと断ったのに、どうして……」

ふいに唇に人差し指が当てられ、続く言葉をふさがれる。貴臣の熱い指を唇で感じながら、私は目を瞬かせた。

「プレゼントは俺が未来の嫁に勝手に贈っているだけだ。お嬢は何も返さなくていいし、気に病まなくていい。気分転換に使いたくなったら、使え」

ああ、そうなのね……と、私は妙に納得した。

私は跡取りを産むだけのかりそめの花嫁なので、あの数々の贈り物はいわば、私へ宛てたものではないのだ。

貴臣が極道の嫁として相応しい女性を迎えたとき、その人のためにあれらの着物や宝石が使用できる。会ったこともない許嫁の私のために屋敷まで建設した貴臣のことだから、将来を考えて用意しておくということなのだろう。

そう考えた私は、ぎこちなく頷いた。

贈り物をもらわなくてよいというのに、なぜか落胆が胸を占める。

「わかったわ……。でも、お借りしたお金は必ず返すわね」

目を伏せた私の表情を凝視していた貴臣は、低い声音を絞り出す。

「俺の言い方が悪かったようだな。俺はお嬢を喜ばせたいだけだ。いったいどうすれば笑ってくれる？」

しっかりと手を握られ、真摯な双眸を向けられて、どきりと胸が弾む。

貴臣はとても私を気遣ってくれる。

極道なんて、怖いだけだと思っていたのに。

まだ何も返せないけれど、彼のことをもっと知りたいと思った。

「そうね……それじゃあ、貴臣と公園を散歩したいわ」

「……ほう。散歩するだけか」

奇妙なことを耳にしたかのように、貴臣は軽く目を見開く。

ここへ来てからすでに半月ほどが経過していた。その間、屋敷から一歩も出ていないので、違う景色を見たいと思っていたところだ。

「そう、散歩するだけ。ふたりきりでゆっくり話したいの」

「いいとも。さっそく行くぞ。――おまえらはついてこなくていい」

軽く手を振って薬師神と咲夜に指示を出した貴臣は、私の肩を抱いて立ち上がった。

玄関へ赴くと黒塗りの車とともに若衆が待機していたが、「歩きで公園に行く」と貴臣が告げる。それを聞いた若衆たちは目を丸くしたのだった。


快晴の空に薄く棚引く雲が美しい。

外の空気を思いきり胸に吸い込んだ私は、ふうと息をついた。隣を歩く貴臣も、目を細めて空を見上げている。

「たまには散歩するのもいいもんだ。車で移動となると、天気もよくわからないからな」

「そうね。歩くのは健康にいいから、毎日でも行ったほうがいいのよ」

貴臣の案内で近所の公園に辿り着くと、犬の散歩をしている人や、小さな子どもを遊ばせているお母さんを見かける。天気がよいので、川縁の遊歩道からは心地よい風が吹き抜けてきた。

ふと、遊具で遊んでいる三歳くらいの子の無邪気な笑顔が目に入り、かすかに心の奥底が掻き乱される。

私も……あんなに可愛い子を、産めるのかしら？

契約花嫁として貴臣の子を産むことを、理屈としては受け入れていたけれど、いざ出産したら自分の子を手放せるのだろうか。

その前に、妊娠するかもわからないのだけれど。

毎晩、貴臣から情熱的に抱かれて、体の奥に精を注がれている。無我夢中でそれを受け止めるばかりで、実際に妊娠して出産したあとの子どものことは考えていなかった。

子どもはひとりの人間であり、感情を持っているということを、心のどこかに置き忘れていた。もしかしたら、見ないふりをしたかったのかもしれない。

私の視線の先を追った貴臣は、ふいに問いかける。

「葵衣は、子どもが好きなのか？」

「えっ……ええ、好きよ。無邪気でとても可愛いわよね。育てるのは、大変だと思うけど……」

私は貴臣との子どもを産みたいのだろうか。

もし産まれても子どもは堂本組の跡取りになることが決められているので、私が育てるという状況にはなりえない。

でも、本当にそれでいいのか。子どもは母親がいないことを知ったとき、どう思うのだろうか。

それはひどく遠い未来のはずなのに、すぐそこにある気がして身が竦む。

燦々と振り注ぐ陽射しに目を細めた貴臣は、漆黒のジャケットを脱ぐ。眩い純白のシャツが露わになり、彼はジャケットを肩にかけた。

「うちには若衆が大勢いる。子が産まれても、養育係をつけることになるから問題ない。俺もそうして育てられたしな」

「そう……そうよね」

わかってはいるけれど、やはり彼は私に子を産むことだけを求めている。

むしろ立派な極道として育てるため、堅気の私には子どもにかかわらないでほしいと言っているように聞こえた。

それは当然かもしれない。

もとより私が貴臣と結婚したくないので、子どもをなすためだけの関係を望んだのだから。

それなのに胸が軋むのはなぜなのだろうか。

かぶりを振った私は、気になっていたことを訊ねた。

「そういえば、貴臣のお母様は別宅で暮らしているの？」

貴臣の母は極道の妻ということになる。

だが屋敷で見かけたことはなく、話に聞いたこともなかった。

公園で遊ぶ母子を遠くに眺めながら、貴臣は低い声で告げる。

「母親はいない。極道の妻になるのが嫌で、家を出ていった」

「そうだったのね……。悲しいことを思い出させてしまって、ごめんなさい」

「いや、いい。いずれは知っておいてほしいことだしな。父親は抗争で死んだ。俺がまだ若い頃で、西極真連合も堂本組も、あのときはひどく荒れたもんだ。俺の組長就任を巡って構成員の離脱なんかも起きてな。当時、連合会長だったうちのじいさんがいなかったら、今の堂本組はなかった」

貴臣にとって、祖父の堂本権左衛門は親代わりともいえる存在だったのだ。

彼は生まれながらに背負った使命を果たすため、数々の苦難を乗り越えてきたのだろう。

重々しい内容を、さらりと話した貴臣は微苦笑を浮かべる。

「だからな、俺にとっては、じいさんが親みたいなものだ。子どものときから憧れの極道の親分だったのさ。そのじいさんの膝に座ると、葵衣という許嫁がいるってことをまじないのように聞かされるんだからな。そりゃあ、許嫁を嫁に迎えないとじいさんが化けて出るってもんだ」

最後は面白おかしく話すので、くすりと笑いが零れてしまう。

「貴臣のおじいさんは、そんなに私のことを気に入っていたのかしら。だって会ったこともないでしょう?」

「もしかしたら、会ったんじゃないのか? 血判状が交わされたのは二十年前だ。葵衣は子どものときに、知らないじいさんと面会した思い出はないか?」

思い返してみると、祖父に連れられて、様々なパーティーや会食に顔を出していた記憶がある。

けれど、いずれも会社の重鎮といった風情のおじいさんたちの顔や名前を、小さかった私が覚えているはずもなく、堂本権左衛門という名も聞き覚えがなかった。

祖父から、私に許嫁がいるなどという話はもちろん出たことはない。

「覚えていないわ……」

「そうか……。俺はずっと、おまえに会いたかった。だから、これまでになくした時間を取り戻したい」

ふいに真摯な眼差しを向けられ、どきりと胸が弾む。

私も、もっと早く貴臣に会っていたかった。

彼が婚約者なのだと初めから知っていたのなら、ほかの人と婚約するなどという事態に至らなかったのではないか。極道の嫁になるという事実も、もっと早期から心構えをしていれば、受け入れられていたかもしれない。

そんなことを考えた自分に驚く。

だけど、ふいに貴臣の面影と公園が重なり、私は過去の出来事に思いを巡らせた。

「私……小学生のときに公園で、見知らぬ中学生のお兄さんに絆創膏を巻いてあげたことがあるの」

あのお兄さんは近所の人かと思っていたけれど、二度と会うことはなかった。彼は貴臣に、よく似ている気がする。

貴臣に初めて会ったときはわからなかったけれど、今の貴臣は、あのときのお兄さんの優しい笑顔と同じだから。

「思い出したのか」

驚いた顔をした貴臣は、すぐに破顔する。

彼は言葉を継いだ。

「俺もな、中学生のときに公園で、葵衣ちゃんに絆創膏を巻いてもらったことがあるんだ。ピンク色の絆創膏だったな」

悪戯っぽく微笑んだ貴臣は、絆創膏を巻いていた薬指を差し出す。そこにはもちろんあのときの傷はなかったけれど、私の記憶は鮮明によみがえった。

やはり、あのお兄さんが貴臣だったのだ。

私は手を振ってお兄さんと別れたけれど、実はそのあと振り返ってしばらく彼を見つめていた。なぜそうしたのかはよくわからない。怪我をした彼のことが気になったのかもしれない。

だけど、お兄さんは背を向けたまま足早に去っていき、もう私と視線が交わることはなかった。

「貴臣……私に会いに来てくれたのね。どうして許嫁のことを言わなかったの？」

「それは藤宮翁が……いや、俺がおまえに名乗る勇気を持ち合わせていなかったのさ」

貴臣は祖父の名誉を守ったのだと感じた。おそらく彼は再会してからずっと、私が気がつくのを待っていたのだ。

じんとしたものが私の胸に溢れる。

「私を迎えに来てくれて、ありがとう……」

「当然だ。おまえは俺の、許嫁なんだからな」

すぐ傍にいる貴臣を見上げると、彼が向けている熱い眼差しが絡みつく。

彼は恐ろしい極道だと思っていることに変わりはないはずだった。

それなのに、私の心の奥底には淡いものが芽吹いているのを感じた。

「俺もな、子どもの頃はじいさんの言うままを信じていたんだが、大人になるまでには組で様々なことが起こったから余裕がなくなった。もう二度と葵衣には会えないと思い込んで、荒れたこともある。堅気のお嬢様が極道の世界に馴染めるわけないとな。だから血判状を形の上でだけ処理することも考えていた」

「え……そうだったの？」

許嫁として期待されていなかったと聞き、わずかに傷つく。

貴臣は言葉を継いだ。

「だが、成人した葵衣に再会して考えが変わった。おまえの目に、もう一度惚れたんだ。まっすぐで、綺麗な目をしている。昔、会ったときに感じたままだ。だからこの目が曇らないよう、俺が守ってやらないとな」

そう言ってまっすぐに私を見つめる貴臣こそ、澄んだ眼差しをしていた。

とくりとくりと鼓動が甘く駆ける。

胸の奥から迫り上がってくる想いをこらえきれず、唇にのせた。

「私……あなたの、子どもがほしい」

貴臣が目を見開いたことにより、大胆な台詞を言ってしまったことに気がついた。

私自身も驚いて瞠目する。

すぐに貴臣は、愛しいものを見るように双眸を細めた。

「俺もだ。おまえとの子がほしい」

すい、と私の手を掬い上げた貴臣は、しっかりとつないだ。

彼の熱い体温がてのひらを通して伝わってくる。それは深い安堵をもたらした。

貴臣に抱かれているときに感じる安堵と同じだった。

「言ってくれ。俺が好きだと」

「……まだ、わからないわ」

その答えに微笑を零した貴臣は、つないだ手を掲げると、私の手の甲にキスをひとつ落とした。

じわりと体に染み渡る彼の熱に、身を委ねる。

私……貴臣のことが好きなのかしら……。

けれど、その答えを出してはいけない気がした。

あくまでも私は子を産むためだけの、契約花嫁なのだから。

三章　銀山会との確執

貴臣の屋敷を訪れ、婚約者として同居生活を送ってから二か月が経過した。

夜は貴臣とふたりきりになり離れで過ごすものの、昼間は仕事のため彼は不在になることが多い。離れから出てはいけないと厳密に命じられてはいないので、私は庭園を散歩したり、事務所に顔を出したりと、次第に行動範囲を広げていった。敷地内なのに必ず咲夜が同行するのが少々困るくらいで、不自由なく過ごしている。

先日、何か手伝うことはないかと事務所を訪ねた私を、留守番していた若衆たちは丁重に扱ってくれた。恐縮してしまったけれど、極道の専門用語などを教えてもらえて勉強になった。

『カチコミ』や『ヤッパ』などの専門用語をメモしていたら、なぜか感心されたものである。

今日も事務所へ向かう道すがら、影のように付き従う咲夜を振り返った。

「咲夜……いつも私についてこなくてもいいのよ。事務所にはもう何度か顔を出しているし、堂本組のみんながいるから心配ないわ」

彼は離れでの仕事もあるはずなのに、常に私についていては大変ではないだろうか。子どもではないのだから敷地内で迷子になることもないのに。

にこりと笑った咲夜は、事も無げに答えた。

「自分がお嬢さんのあとをついていきたいんです。だめですか？」

「だめじゃないけど……仕事のない私と違って、咲夜は忙しいんじゃない？」

「お嬢さんは堂本組の姐御という立派な仕事がありまして、自分はその御方を見守るのが仕事です。そのほかの雑事はさほどでもありません」

「もう！　だから私は姐御じゃないと言ってるじゃない」

咲夜を含めた若衆や舎弟たちは、私が組の姐御になるのだと、すっかり思い込んでしまっているようだ。結婚はしないと説明しても信じてもらえない。かといって、貴臣に囲われている今の状況は『組長の愛人』なので、そう呼ばれても困る。もはや姐御扱いされるのは仕方のないことのようで、諦めたほうがよさそうだ。

「自分にとっての姐御は、お嬢さんだけですから」

爽やかにそう告げる咲夜の言葉は居心地の悪いものではなかった。唇を尖らせつつも、まんざらでもなく受け止める。

事務所へ入ると、その場にいた若衆たちが作業の手を止めて一斉に頭を下げた。

「お嬢さん、おつかれさまです！」

「みなさん、ご苦労さま。すごい荷物ね。私も手伝うわ」

室内には数々の段ボール箱が積み上げられていた。まるで引っ越しするかのようだが、ひとつひとつに伝票がついているので、宅配便で届けられた荷物らしい。みんなはその開封作業に勤しんでいたようだ。

段ボール箱を開けていた若衆のひとりが、戸惑った顔をする。

「いえ、これは……お嬢さんに手伝ってもらうわけにはいきません」

「どうして？　私にも何か手伝わせてちょうだい。もしかして拳銃が入っているとか、そういうこと？」

冗談めかして言い、箱の中身を覗き込む。

そこには無論武器など入っていなかったが、代わりに臙脂色の小箱があった。

これと似たものを見た覚えがよみがえり、すうっと背筋が冷える。

——少し大きいけれど、婚約指輪を入れるための箱だわ。

結局、私が自腹で購入することになった婚約指輪は不要になり、今は実家にしまい込んだままになっている。あのとき、嬉々として指輪を選ぶ私の横で、婚約者であるはずの亮は目を逸らしていた。

嫌なことを思い出してしまい、咄嗟に臙脂色の小箱を取り出して蓋を開ける。

「まあ……すごい時計ね」

中身が指輪ではなかったことに、ほっとした。

予想に反して、小箱に入っていたのは見るからに高価そうな男物の時計だった。精緻な細工の盤面にはダイヤモンドがちりばめられている。この時計ひとつで高級車が買えるほどの価格だろう。

時計越しに、貼りつけられた伝票が目に入った。

宛て先は『堂本貴臣様』と記されている。堂本組や会社ではなく、貴臣個人への贈り物ということだ。そして、送り主は――。

「黒沼真由華《くろぬままゆか》……。どなたなのかしら？」

その名を口にしたとき、ぞくりと嫌な気配が背を這い上るのを感じた。明らかに女性の名前だ。

訊ねると、若衆たちは気まずそうに視線をさまよわせていた。

私の背後にいた咲夜が冷静に答える。

「西極真連合のひとつである黒沼組、組長の娘さんです。うちの組長と、お知り合いです」

「そうなの……」

　見れば、すべての荷物は彼女から貴臣に宛てたものだった。

　この大量の荷物全部に、高級な時計と同等の贈り物が入っているとすると、相当な額になる。単なる知り合いからの私的なプレゼントとしては、常軌を逸脱していた。

もしかして、ふたりは特別な関係なのかしら……。

私の心配を汲んだかのように、咲夜は言葉を重ねた。

「こういった贈り物はいろんな方から、よくいただくんです。組長は先代の連合会長の孫として影響力がありますから、連合に加入したいだとか、出世するために推してほしいだとかいう人物がおもねるわけです。でも組長は黒沼組とは距離を置いてますから、これらの贈り物は受け取らないようにという指示を受けています。念のため中身を確認するので開封しているだけです」

隣にいた若衆が慌てて小箱が入っていた段ボールを捧げるので、私はそこに時計の入った小箱を戻した。この品々は送り主に返すらしい。

「そ、そうなんですよ。咲夜の言うとおりです。黒沼組の組長は次期連合会長を狙ってるんですよ。だから娘を……」

「お嬢さん。ここは若衆たちに任せて、外へ出ましょう」

咲夜に話を遮られた若衆は、さっとこちらに背を向けて作業を続ける。私がこの場にいると、やりづらいといった空気が滲んでいるので、今日は手伝いを申し出ないほうがよさそうだ。

「そうね……。みなさん、頑張ってください」

「オス!」と、威勢のよい返事を受けて、事務所の外へ出る。

どこか腑に落ちないものがあるけれど、極道の世界にも様々な思惑があるのだろう。この業界に馴染みたいわけではないのに、なぜか疎外感を覚えた。

ふと、貴臣からたくさんの贈り物をもらっていることを思い出す。結局クローゼットにしまい込まれたままになっているけれど、あれらの品は正確には私のものではない。

けれど、ほかの誰かが貴臣の妻として、彼が私に勧めた品々を受け取ると考えると、たまらない切なさに胸が引き絞られた。

「もらえばいいか、もらわなければいいかとばかり考えているから疲れるのね。私から、貴臣に何かプレゼントできないかしら」

世話になっているお礼として、彼に贈り物をしたい。

けれど先ほどの話から察するに、貴臣は高価な時計などをもらっても喜ばないだろう。直にほしいものを訊ねたらおそらく、『跡取り』という答えが返ってくることは想像に易いので、本人には内緒にしておこう。

「ねえ、咲夜。貴臣がもらって喜ぶようなものって、何かしら」

咲夜に意見をうかがうと、彼はさらりと返答した。

「お嬢さんからの贈り物でしたら、組長は何でも喜びますよ」

「相談にならないわね……」

「ちなみにですけど、金額は考慮しなくていいと思います。組長は仁義を重んじますので、いくら金を積まれても首を縦に振らないところがあります」

生まれたときから極道一家のお坊ちゃまなのだから、金や物には釣られないということなのだろう。そもそも私には、貴臣をお金で動かせるような財力などない。

「そうだわ。手作りのお守りはどうかしら。それならポケットに入れておけるから邪魔にならないし、もらっても気負わなくて済むわよね」

「よろしいんじゃないでしょうか」

「それじゃあ、今から道具を買いに行ってくるわね」

手作りなので、布や手芸道具が必要になる。門へ向かおうとすると、それまで平静だった咲夜は顔色を変え、素早い動きで止めに入った。

「ちょっと待ってください。街へ出かけるなら、組長の許可が必要です」

「でも、貴臣には秘密にしておきたいの。ほんの少し買い物に出かけるだけだから、大丈夫よ」

「ですが……」

「咲夜はついてこなくていいわよ」

そう言うと、息を呑んだ咲夜は目を見開く。

だがすぐに表情を引きしめて、彼は遠くに立っていた若衆へ向けて手を挙げた。合図を受けた若衆が、車を用意する姿が見える。

「それだけはご勘弁ください。わかりました。組長には帰宅してから買い物の報告をします。自分が運転しますから、お嬢さんは後ろに乗ってください」

ひとりで買い物に行くことは許可されないようだ。咲夜の立場を考えて、無理に車を断るのも悪いだろう。

私はバッグを取ってくると、用意された黒塗りの高級車に乗り込んだ。

咲夜の運転で街へ出ると、久しぶりの景色に心が躍る。

窓に映る街並みは穏やかな時間が流れていた。ショッピングモールに近い大通りへ出たので、ハンドルを握る咲夜に指示を出す。

「隣の町まで行ってちょうだい。駅前の商店街があるところよ」

「え……あそこですか？　あそこはちょっと」

なぜか渋い返事をされてしまう。小さな繁華街なので、車を停める場所に困るからかもしれない。

「お願い。大きな手芸店は、あの商店街にしかないのよ」

「わかりました」

すぐに了承してくれた咲夜はウインカーを出す。

ややあって、車は目的の商店街の近くに到着した。駐車場に車を停めた咲夜にドアを開けてもらい、外に降り立つ。街を歩くなんて久しぶりのことなので、羽を伸ばすようで嬉しい。

古い繁華街は時々訪れていたところで、アーケードには商店が建ち並んでおり活気がある。奥は飲み屋街のようだが、寂れた雰囲気でそちらには足を踏み入れたことはない。

咲夜は黙って私の少し後ろをついてくる。

彼が油断なく周囲に目を配っているので、不思議に思う。

ややあって手芸店へ辿り着くと、咲夜は声をかけてきた。

「自分はここで待ってますから、買い物してきてください」

「わかったわ。すぐに済ませるわね」

「どうぞ、ごゆっくり」

てのひらを差し出され、店内へ促される。中学生のような容貌なのに、彼の言葉遣いや仕草が大人びているので達観した印象を受ける。街ですれ違う咲夜と同年齢の人たちはまだ学生も多いが、彼はそういった人々とは明らかに違った世界を歩んできたのだとわかった。

きっと、貴臣もそうなのね……。

母親が去ったあと、父親を抗争で亡くした頃の貴臣は、今の咲夜のように年齢に見合わず、世の儚さをすべて悟ったとでもいうような青年だったのかもしれない。

その頃から彼を支えることができていれば、今とは何かが違ったのだろうか。

しんみりとした気分になったが、気を取り直し、お守りを作成するための生地や紐を選ぶ。

「どんなものがいいかしら。貴臣の好きな色がどれか、そういえば知らないわ……」

彼はいつも黒のスーツをまとっているので、着ている服の色からは好きな色が判断できない。お守りなのに、まさか黒にするわけにはいかないだろう。

迷った挙げ句、青の生地を選んだ。紐の色は明るいものを選んで、亜麻色にする。

「道具は借りればいいわね。あ、でも糸は青色のものを買っておかないと」

あれこれと籠に入れて会計を済ませる。商品の入った袋をバッグに入れて店の出入口へ向かうと、咲夜はスマホを耳に当てて誰かと会話していた。

もしかして貴臣からだろうかと思い、どきりとする。

私が出てきたのを目にした咲夜は通話を切った。

「誰と話していたの?」

「玲央さんです。香辛料を買ってきてほしいとのことです。車へ戻りましょう」

ほかにも買い物があるなら、この周辺で済ませればよいのではと思う。

咲夜は急かすように、私の背に腕を回した。

「この近くで買ってはいけないの?」

「そういうわけではないですが、この辺りは別の組のシマなので……」

言い終わらないうちに、私たちを取り囲む影に気づき、はっとする。

厳めしい顔つきをした数人の男たちが、行く手を阻むように立ちふさがっていた。

すかさず私の前に出た咲夜は、低い声音を発する。

「なんだ、あんたたちは」

派手な服を着たチンピラ風の男は、咲夜を睨みつけて恫喝した。

「てめえこそなんだ。ここらは銀山会《ぎんざん》のシマだぞ。堂本組が土足で踏みつけていい場所じゃねえんだよ！」

この繁華街は、銀山会という組織が管轄する領域だったらしい。ほかの組の人間が立ち入るのはよくないことなのだと、彼らの態度から察した。

だから咲夜は、ここを訪れることを躊躇していたのだ。

「わかっている。すぐに出ていく」

冷静に答えた咲夜は私を後ろに庇いつつ、その場を去ろうとした。

けれど、ふいに横から伸びた手が私の腕を掴み上げる。

「きゃあっ！」

「おっと。女は置いていってもらおうか。牧島《まきしま》さんに上納しねえとな」

その瞬間、咲夜は私を掴み上げた男を殴り飛ばした。

男は後方に吹っ飛び、強かに体を打ちつける。

通りすがりの人々から悲鳴が上がった。

拳を引いた咲夜は剣呑な光を双眸に宿す。

「お嬢さんに、汚い手でさわるな」

「なんだと、この野郎！」

怒号が上がる。咲夜を取り囲んだ男たちは一斉に殴りかかった。

息を呑んだ私の体を、咲夜は押し出して男たちから遠ざけた。

「お嬢さん、逃げてください！」

男たちの拳を躱した咲夜は足払いをかける。ひとりの男が体勢を崩した隙に、背後から襲ってきた男に突進して頭突きを食らわせた。

相手は五人もいるのに、咲夜は果敢に立ち向かっていく。

――どうしよう。誰かを呼ばないと。

そう思った私は駆け出そうとした刹那、泰然として立っている新たな男に阻まれた。

サングラスをかけている角刈りの男は、黒のスーツを着用していた。

「堂本組の姐さん。ここで逃げられては互いに示しがつきませんので、ちょっとうちの事務所にお越しいただいてよろしいですか。すぐそこですので」

落ち着いた物腰は、彼がチンピラ風の男たちとは異なり、格上であるとわかる。

しかも私が堂本組の姐御だと、彼は知っているのだ。正確には違うのだけれど、今は説明している場合ではない。

私は勇気を奮い立たせ、毅然として応対する。

「わ、わかりました。お邪魔いたしますから、彼らの喧嘩を止めてください」

「その必要はありません。もう終わりました」

はっとして振り向くと、男たちは呻き声を上げて倒れ伏していた。ただひとり無傷の咲夜だけが、口端を手の甲で拭っている。

「いい狂犬を飼ってますね。――おう、おまえら、さっさと立て！」

角刈りの男に命じられ、倒れていた男たちはのろのろと体を起こした。

遠巻きに成り行きを見学していた人々が、ざっと散らばる。私たちは綺麗に人波が割れたアーケード街を、案内されて歩いていった。

銀山会の事務所は、アーケード街からほど近い雑居ビルの一室にあった。

代紋の記された扉を開けられたので入室すると、そこは古びたオフィスと何ら変わりない様相だった。先ほどの男たちはオフィスには入らず、ビルの階下に待機している。デスクで電話をかけている男が数名いるが、彼らも銀山会の構成員なのだろう。

「こちらへどうぞ。牧島さんがお待ちです」

先ほどから彼らが口にする、牧島とは何者だろう。銀山会の幹部なのだろうか。

奥へ通されたので、おそるおそる進むと、ほの苦い煙草の香りが漂ってくる。

応接室のようなそこには革張りのソファセットが設えられていた。

ソファからはみ出した長い足が、ふいに黒革の靴を揺らす。

「おう、来たか」

こめかみに傷のある男は、こちらに横目を投げてきた。

精悍な顔立ちは男前と言えるかもしれないが、彼から滲み出る殺伐とした気配が幾多の修羅場をくぐり抜けてきたことを匂わせている。

「おれは銀山会の若頭、牧島恭介《きょうすけ》と言います。どうぞ、座ってください。堂本組の姐さん」

手にしている葉巻と着崩したスーツが、胡散臭さを感じさせる。牧島の口調は丁寧だけれど、彼はどこか信用ならないと思った。

私の後ろにぴたりと付き従ってきた咲夜は鋭い双眸のまま、無言で壁際に立った。

案内してきた角刈りの男は、出口をふさぐかのように扉の前に直立する。

臆しそうになるけれど、それを隠して余裕を見せた私は、優雅にソファに腰を下ろした。

「お邪魔します。ただ私は、堂本組の姐御ではないわ。あの屋敷にお世話になっているだけよ」

面白そうに笑った牧島は、組んだ足を高々と掲げて葉巻を咥える。

「貴臣が囲っている女なら、姐御も同然だろう。あんたはもう極道の女だ。無関係は装えないんだよ、藤宮葵衣さん」

「ど、どうして私のことを知っているの⁉」

「極道は狭い世界なんでね。大抵のことは筒抜けだ。つい先日まで堅気だったあんたに教えてやるが、おれと貴臣はガキの頃からの付き合いなんだ。もっとも向こうは堂本組のお坊ちゃまで、おれは下っ端からの叩き上げなんだがね」

彼は貴臣の古い友人らしい。それならば、今回の不手際も許してくれそうだ。

ほっとした私は肩の力を抜いた。

「そうだったのね。知らなかったとはいえ、あなたがたの管轄の地域に足を踏み入れたのは申し訳なかったわ。ただ買い物をしたいだけだったの。許してくださる？」

そう訊ねると、鼻で嗤った牧島は乱暴に葉巻を灰皿でもみ消した。

「姐さん。極道ってのは、許してもらおうとするなら指を落とさないといけないんですよ」

「ゆ、指を⁉　でも、買い物に来ただけなのよ」

極道の世界では、指を切り落としておとしまえをつけるそうだが、それは重大な違反行為を犯したときだろうと私にでもわかる。まさかほかの組が管轄する地域を訪れただけで指を落とすだなんて、あまりにも重すぎる処罰だ。

驚いて腰を浮かせた私に、牧島は笑みを浮かべつつ説いた。

「あんたの犬が、うちのやつらを叩きのめしたじゃないか。シマに踏み込んできてそんなことをされたら、ケジメをつけてもらわないとおれの面目が立たない。なにも姐さんの指を置いていけと言ってるんじゃないんだよ。その犬の小指を切り落とせばいいだけだ。簡単な話でしょう」

息を呑んで、咲夜を振り返る。犬とは咲夜を指していた。

牧島にとっては、飼っている犬の指を切り落とすくらい容易いという感覚なのだ。信じられないほど残酷な男に、反発心が湧き起こる。

「そんなことはさせないわ!」

「お嬢さん、自分は――」

一歩踏み込んだ咲夜に、ぎらりと牧島が鋭い視線で刺す。

「犬は黙ってろ!」

その一喝が室内に響き渡る。空気を振動させた怒号が消えると、しんと張り詰めるような静寂が満ちた。

不服そうな表情を見せた咲夜だったが、口を噤んで引き下がる。

吠えた牧島は途端に態度を翻し、私に向き直ると猫撫で声を出した。

「なあ、姐さん。飼い犬を傷つけたくないっていうのなら、あんたにおとしまえをつけてもらおうか」

「それは……どうすればいいのかしら」

咲夜の指を落とすなんてことは絶対にさせない。

けれど牧島は、私にそうさせようという意図ではないらしい。

土下座でもしろというのだろうか。震えそうになる心を叱咤して、舌舐めずりをする男の顔を見返す。

「ちょっとしゃぶってくれ。それで許してやるよ」

言われたことの意味がわからず、目を瞬かせる。

「しゃぶ……？　どういう意味かしら」

「これは驚いた。貴臣は女に一物をしゃぶらせてないんだな」

意味するところに気がついた私は、かぁっと頬を火照らせる。

そういった愛撫の仕方があることは知っているけれど、貴臣から頼まれたこともないし、私のほうから望んだこともなかった。やり方すら、よくわからない。

しかも口淫は深い関係でなければしないことだ。初対面の男に、それも処罰として行うだなんて信じがたい。

「そ、そんなことできるわけないでしょ」

「やるんだよ。それとも犬の指を落とすか？」

「それは……きゃあっ」

腕を引かれて座席から引きずり下ろされる。

床に跪いた私は頭を掴まれた。大きく開いた足の間に、ぐいと顔を引き寄せられる。

まさか……ここで？

そんなことできるわけない。貴臣以外の男の人と淫らなことなんて、したくない。

でも、やらないと咲夜の指を切り落とすはめになってしまう。それだけは決してさせられない。

「おら、さっさとやれ」

頭の後ろがてのひらで押さえつけられているので逃れられない。

ぶるぶると肩が震えてしまい、理屈と感情がせめぎ合う。

咲夜が床を蹴る音がした。咄嗟に扉の前にいた男が阻み、両者は揉み合いになる。

「お嬢さん、いけません。自分が指を落とします！」

「だ、だめ。それだけは――」

そのとき、事務所に踏み込んでくる複数の足音が耳に届く。

はっとした一同は扉に目を向けた。

勢いよくドアが蹴破られる。

押し入った貴臣は抜き身の短刀を手にしていた。中腰になった牧島の喉元に白刃が突きつけられる。

「てめえは俺の女に何をしている」

地の底から響くような声音と、ぎらついた双眸は畏怖を呼び起こす。

貴臣に続き、室内には薬師神と玲央、それに堂本組の舎弟たちが踏み込む。玲央の腕に庇われた私は立ち上がり、彼の背にかくまわれた。突然現れた堂本組に睨まれ、角刈りの男は咲夜から腕を下ろして事態を見守る。

刃を押し当てられた牧島の喉が、ごくりと動く。

「……なんだ、貴臣。たかが女じゃねえか。ちょっと借りるくらい、いいだろう」

「葵衣に手を出したら、その喉を掻き切るぞ」

「わかった。まずはヤッパを収めてくれ。おれとおまえの仲だろうが」

両手を掲げた牧島の喉元から、貴臣はゆっくりと短刀を外す。鞘に収めるのを見届けた牧島は、小さく嘆息を零した。

「そうカッカするなよ。冗談に決まってるだろ。貴臣の女だとは知らなかったんだ」

彼は私を『堂本組の姐御』だと認定していた。それなのに素知らぬふりをするのは、明らかに言い逃れだ。

貴臣は剣呑な光を帯びた双眸を牧島に向けている。

「どうだかな。随分と連れ込むのが早かったじゃないか。おまえの手が早いのは昔から承知している」

「何を言ってんだよ。貴臣の親父さんの仇を討つために、おれがどれだけ尽力したか忘れたのか？　細かいことは水に流そうや」

その言葉に、貴臣は目を眇めた。

親父さんの仇討ち……？

貴臣のお父さんは抗争で亡くなったと聞いている。過去に何があったのだろう。

ふたりの間には友人らしい穏やかさはなく、ひりついた空気が漂っていた。牧島は貴臣に媚びるような姿勢を見せているものの、貴臣からは殺意にも似た気配が滲んでいる。

「そうか。俺の女がシマを荒らしたことも、水に流すんだな」

「ああ、もちろんだ。たいしたことじゃねえ。カチコミじゃあるまいし、こんなに大勢で迎えに来られるとこっちも困る。さっさと連れて帰ってもらってけっこうだ」

貴臣は成り行きを見守っていた私たちに向けて、顎をしゃくる。

「帰るぞ」

その一声により、堂本組の面々は事務所から退出した。

私は玲央と咲夜に両脇を挟まれるようにして、雑居ビルから出る。

表に待機していた車に乗り込むと、隣に貴臣が座った。

誰もが無言のまま車は発進して、街を走行する。

私は座席で小さくなっていた。貴臣はきっと、私の勝手な行為で迷惑をかけられたことを怒っているに違いないから。

彼から何も言われないのが、余計に居たたまれなくなる。

やがて堂本家に到着すると、車は事務所の前で停車した。

勢揃いして出迎えた若衆が「お帰りなさいませ、組長」と挨拶し、そのうちのひとりが代紋のついた扉を開ける。貴臣が事務所に入っていくので、私もあとに続く。

最奥のソファは王の椅子のように重厚で、そこに貴臣は、どかりと腰を下ろした。

薬師神は影のように、貴臣の傍に付き従う。私と玲央、それに咲夜が少し離れた場所に立つ。

「葵衣。座れ」

「……はい」

命じられたので、大理石のテーブルを取り囲むように設置された広いソファの一角に、そっと座った。貴臣から叱られるのを、うつむいて待ち受ける。

けれど貴臣は、まず咲夜に目を向けた。

「咲夜。おまえがついていながらどういうことだ」

「申し訳ありませんでした。自分の落ち度です」

九十度に腰を折った咲夜は何も言い訳をせずに謝罪する。

この事態を招いたのは咲夜のせいではなかった。私が無理を言って、あの店で買い物をしたいと望んだからなのだ。

「咲夜は悪くないわ。私が……」

「おまえは黙ってろ」

ぐさりと貴臣に命じられ、言いかけた口を閉ざす。

頭を下げ続ける咲夜に、貴臣は裁定を下した。

「一週間の謹慎だ。玲央に代わって厨房に籠もってろ」

「承知しました」

私は、ほっと安堵の息を零す。

咲夜は玲央と交代して調理の担当を任されるのだ。私の護衛からは外されるようだが、指を切り落とすなどということにならずに済んでよかった。

貴臣が軽く手を振ったので、玲央と咲夜はその場を辞した。

次は私の番だ。

何を言われるのか、どきどきして貴臣の言葉を待つ。

だが嘆息した貴臣は、肘掛けに肘を突いて凭れた。部下が犯した失態の後始末に疲れ果てたといった風情だ。

その様子を目にした薬師神は、眼鏡のブリッジを押し上げつつ淡々と述べる。

「銀山会に、つけいる隙を与えてしまいましたね。牧島のことですから、初めからこちらの弱味を握るつもりで葵衣さんに近づいたのでしょう」

「あの男は昔から厄介だった。媚びたと思えば平気で刺してくるからな。始末が悪い」

「銀山会の組長は病気のため療養中だそうで、隠居している状態です。実質的に若頭の牧島が権力を握っています。また堂本組に揺さぶりをかけてくると考えられます」

「そんなことはわかっている」

ふたりの口ぶりから察するに、牧島は友人どころか、むしろ敵のようだ。

私は牧島が主張していた話を思い出す。

「牧島さんは、貴臣のお父さんの仇討ちに尽力したと言っていたけれど……事実ではないの？」

言いにくいことかもしれないけれど、貴臣の過去について知りたかった。

双眸を細めた貴臣は、私を通して遠くに目を向ける。

「銀山会の舎弟のひとりに過ぎなかった牧島が台頭したのは、俺の親父を殺した犯人を挙げたことに始まっている。抗争で親父を撃ち殺したのは、当時の銀山会の若頭とされた。連合の三下だった銀山会のため、堂本組を吸収しようと独断でやったことだとな」

風聞のような曖昧な言い方なので、私は小首を傾げる。貴臣の中では確証はないということだろうか。

眉間に皺を刻んだ貴臣は言葉を紡いだ。

「連合会長である堂本権左衛門の采配により、銀山会の若頭は破門。牧島は裏切り者を追放した功績で昇進した。今ではあいつが若頭だ。牧島は形勢が悪くなると、そのときのことを持ち出しては俺に恩を売ってくるのさ。仇を討ってやったのは己だとな」

「しかし、終わってみれば牧島こそが裏切り者であるわけです。自分の兄貴を売ったも同然ですからね。もしかしたら、堂本組の先代を殺害したのは牧島であり、彼は若頭に罪をなすりつけたのではないかとも思われます」

薬師神の大胆な発言に、驚いた私は目を見開いた。

そうなると仇を討ったどころか、牧島は貴臣のお父さんを殺害した真犯人ということになる。

苦い顔をした貴臣は、首を捻る。

「やつならやりかねないな。だが、証拠がない」

「今のはあくまでもわたくしの推測にすぎません。銀山会では若頭の破門をすんなりと受け入れました。あちらの内部に我々は関与できませんが、すでに牧島が裏で手を回していたのではないかと疑念が残ります。結果的に、若頭になりかわったわけですからね」

「あの一件で抗争が終結したのも事実だ。犯人は破門された若頭だ。連合会長が決定したことを今さら蒸し返したくない」

貴臣のひと声に、薬師神は一礼した。

銀山会の先代若頭が責任を取る形で、貴臣の父親が殺された件は抗争とともに終結したらしい。牧島へ対する疑念がくすぶったまま——。

私の知らない世界で、様々な思惑が交錯し、流血沙汰が繰り広げられていたのだ。当時の貴臣が父親の死を呑み込んだことに、切なさを覚えた。

嘆息を零した貴臣は私に向き直る。

「そういうわけだ。極道ってのは、血なまぐさい世界なのさ」

抗争により殺害された貴臣の父親。咲夜の指を切り落とすことを指示した牧島。そして牧島に刃を突きつけた貴臣。

そこかしこに漂う血の臭いを覚えて、ぶるりと身を震わせる。

私には極道を背負う覚悟なんてない。

『堂本組の姐御』を名乗れる日は、きっと訪れないのだと思えた。

事務所を出た私は、離れのリビングに戻ってきた。

買い物をした袋が入っているバッグを、憂鬱な気持ちでソファの端に置く。

お守りの材料を買いたかっただけなのに、大変な目に遭ってしまった。それも私が無知だったからいけないのだ。特に、牧島に隙を与えてはならなかった。

でも……どうしても、貴臣にお守りを手作りして贈りたかった。

問い質されることはなかったので、どうして外出したのか説明していない。できればお守りのことは、渡すまで伏せておきたかった。

バッグに手を伸ばしかけたとき、足音が近づいてきたので咄嗟に引く。

扉を開けて入ってきた貴臣の表情は、不遜を湛えていた。

「さて。俺の目を盗んで咲夜と遊びに出かけた挙げ句、牧島に抱かれそうになっていた言い訳をしてもらおうか」

ひどい言い方に目を見開く。

まるで私が浮気してきたみたいだ。

けれど貴臣にしてみれば、そういう状況になる。彼の許可を得ようとせず、こっそり外出したことは間違いないのだから、罵られるのは当然だった。せめて人前で怒らなかったのは、貴臣の恩情だろう。彼は私を許したわけではない。

うつむいた私は、謝罪の言葉を絞り出した。

「ごめんなさい……。買い物に行こうと思い立って……あそこが銀山会の縄張りだなんて知らなかったの。咲夜は警戒してくれてたのだけど、男の人たちに囲まれてしまって……」

「咲夜を通して玲央から連絡を受けた。因縁をつけてくるのは牧島の常套手段だが、隙を見せるほうが悪い。俺が駆けつけなかったら、おまえは牧島の女にされていたぞ」

それは貴臣の面目を潰すということだ。

電話で咲夜から場所を聞いた玲央が、銀山会の縄張りなのを案じて、貴臣に報告してくれたのだろう。堂本組の連携により事なきを得たが、貴臣が助けに来てくれなかったら大変なことになっていた。

しゅんとして、私は肩を落とす。

「ごめんなさい。私が悪かったの」

「謝って済むわけないだろう。このおとしまえ、つけてもらおうか」

「……えっ」

顔を上げた瞬間、視界がぐるりと回る。

私の体は貴臣の剛健な肩に担ぎ上げられていた。

「きゃ……お、下ろして！」

手足をばたつかせるけれど、しっかりと抱えられているので身動きがとれない。

私を担いだまま貴臣はリビングを出て、廊下の奥へ向かった。

寝所へ入ると、大股で脱衣所を越えて浴室に踏み込む。

そこでようやく私の体が肩から下ろされた。

ほっとしたのも束の間、貴臣はシャワーのコックを捻る。すると天井に設置されたレインシャワーから、勢いよく水滴が降り注ぐ。

雨に打たれたかのように、瞬く間に服が濡れてしまう。

貴臣はジャケットを脱ぎ捨てると、壁に手をついて私の体を縫い止めた。

まるで標本の蝶のごとく縫い止められ、はっとして顔を上げる。彼の双眸は爛々と光り、情欲を露わにしていた。

欲情されている——。

毎晩のように抱かれて、何度も貴臣の獰猛な眼差しを見ているはずなのに、どくりと心臓が跳ねた。

それが恐れではないことに戸惑う。

私は貴臣に求められて、悦んでいる。

「抱くぞ」

「……んっ」

雄々しい宣言とともに唇が迫り、噛みつくようなくちづけが与えられる。

「ふ、んん……っ」

ぬるりと唇の合わせを割って、彼の舌が性急にもぐり込んできた。怯える舌が搦め捕られ、きつく吸い上げられる。

そうしてから、ねっとりと感じる粘膜を擦り合わされる。

強靭な腕で体を抱き留められながら、永遠のような時の中で濃密なキスを交わした。

濡れた舌を絡め合うと、まるで溶け合うような感覚が体中に広がる。

彼とこうしてくちづけを交わすのは、いつだって極上の一夜を予感させた。

やがて唇が離されると、シャワーの水音がよみがえる。

濃密に互いの視線が絡み合う。

私たちの間には、ずっと会っていなかった恋人が刹那だけ再会したかのような情熱がよぎっていた。

吐息のかかる距離から私を見据えた貴臣は、切なげに双眸を細める。

「おまえは俺だけのものだ。誰にも触れさせない。誰にも見せたくない」

彼の見せた執着に、きゅんと胸が弾んでしまう。

そんなことを言われたら不快なはずなのに、相手が貴臣というだけで、愛されている証のように思えてしまう。

「貴臣……もしかして、さっきのことで嫉妬してるの？」

そう訊ねると、彼は濡れた私の黒髪を大きなてのひらで掻き上げた。

「当たり前だろう。おまえは俺の女だ。面目だけの問題じゃない。おまえが大切だから、心配になるし嫉妬もする」

彼は私の服を脱がせながら、首筋にキスを落としていく。

くちづけの痕で私の肌に紅い花が咲いていった。それだけでもう、体が熱く昂っていく。

「……心配かけてごめんなさい。おとしまえって、何をしたらいいの？」

「何もしなくていい。おまえは俺に抱かれて感じて、喘いでいろ」

愛撫する貴臣の息遣いが獣のように荒くなる。

覆い被さる強靱な体躯が熱い。獰猛な雄に抱き込まれて囚われ、逃げる術はなかった。

狂おしい官能に灼かれ、終わりのない悦楽の沼に沈んでいく。

男の腕の中に囚われて、私は絶頂を極め続けた。そのたびに彼の濃厚な精が胎内に注ぎ込まれていく。

何度も達して朦朧とする意識の中、熱い吐息を含ませた艶声が耳元に吹き込まれた。

「俺の子を産め」

傲岸に命じた貴臣は、私の耳朶を舌で舐め上げた。

ぞくりとした官能が湧き上がり、熟れた体はまた彼を求める。

シャワーに煙る浴室で、私たちは愛欲を貪り続けた。

四章　愛憎のＶＩＰルーム

きゅっと亜麻色の紐を結ぶ。完成したお守り袋をてのひらに乗せ、改めて眺めた。

爽やかな青の生地を飾る、二重叶結びにした紐。

これはお守りだと、一目見てわかるのではないだろうか。

「ふう……完成したわ」

先日、貴臣に贈り物をしようと思い立ったお守り袋がついにできあがった。

ポーチと同じ作り方なので複雑な裁縫ではなかったけれど、縫い目が大きいと形が崩れやすい。細心の注意を払いながら、一針ごとに心を込めて縫い上げた。

作製しているところを見られないよう、貴臣の留守中にこっそり作っていたので、彼にはまだ何も伝えていない。

いざ披露したとき喜んでくれるだろうかと、今からどきどきしてしまう。

堂本一家の跡取りとして生まれ、ほしいものは望めば何でも手に入ったであろう貴臣にとって、こんな小さなお守りは取るに足りないものではないか。

そう思うと、ためらいが胸をよぎる。

しかもこの材料を購入するために、銀山会と揉め事を起こして迷惑をかけてしまったのだ。

あの日、おとしまえをつけてもらうと貴臣に告げられ、バスルームで濃密に抱かれた。

私は許してもらえたようだけれど、咲夜は謹慎処分になり、離れの世話係は玲央に交代している。

一定の距離をきっちり置く咲夜とは異なり、気さくな玲央は友人のように私に接してきた。それについては人それぞれ、やり方が異なるのだろうから、思うところはないけれど。

「お嬢さん、お茶が入りましたよ。休憩したらどうですか？」

その声に、はっとした私は慌ててお守り袋をポケットに隠し、道具を片付ける。

テーブルに湯気の立ち上るポットとティーカップを置いた玲央は、さらりと述べた。

「今さら隠さなくてもいいですよ。組長にプレゼントする巾着袋なんでしょ？」

「……巾着袋じゃないわ。お守りよ」

ハーブティーの爽やかな芳香がリビングに満ちる。

隠していたつもりだったのだが、玲央にはお見通しのようだ。

私は両手を合わせて頼み込んだ。

「お願い、玲央。貴臣には黙っていてね」

「もちろん言いませんよ。俺はそんなに野暮じゃないです。でも……お守りということは、中に何か入れるんですか？　神社で売ってるやつは、紙とか入ってるんですよね」

神社のお守りには通常、祈りの言葉などが書かれた内符が封入されている。お守りを開けて中身を見たら罰が当たるとされているため、私は現物を確認したことはない。内符は紙であったり、木や金属など様々な素材だという。自作のお守りならば、パワーストーンなどの宝物を入れたりもするのだろう。

「そうなのよね……空なのは寂しいわよね。——そうだ！　ちょっと、厨房へ行ってもいい？」

思いついたことがあるので、母屋の厨房へ入ることを願い出る。すると玲央は眉を下げて、困った顔をした。その表情は嫌がる猫を彷彿とさせる。

「咲夜に会いに行くんですか？　逢い引きだと思われますよ。組長にばれたら今度こそあいつの首が物理的に飛ぶんで、勘弁してやってください」

「どうしてそうなるのよ……。厨房にあるものを見繕ってほしいだけなの」

玲央と交代した咲夜が、今は厨房で食事の支度を行っていた。

一週間という期限付きだが、咲夜の作る料理もとても美味しい。玲央は料理番の地位が脅かされると、ぼやいている。

温かいカップを手にして返事を待っていると、玲央は思案した末に了承してくれた。

「まあ、いいですけどね。俺はいつも咲夜の手伝いで厨房に入ってますし。ふたりきりにはさせませんから」

「私はよほど信用がないのね……。貴臣は心配しすぎよ。私が浮気すると思ってるのかしら」

「それはベッドの中で組長に訴えてください」

どうにも玲央はあけすけで困ってしまう。極道は男所帯なので大胆なことを口にしても気にしないらしく、こういうものと割り切るしかないようである。

溜息を零しつつハーブティーを飲んだあと、玲央とともに離れを出た。渡り廊下を通り、母屋の厨房へ足を向ける。

豪勢な屋敷は広大だ。まるで殿様の住む御殿のよう。

堂本一家は由緒ある極道だし、大所帯でもあるので当然かもしれない。

「みなさんの分の食事も厨房で作っているの?」

「いいえ。若衆たちの分は事務所の台所で担当の係が作ります。俺も手伝ったことありますけど、大鍋にキロ単位で肉をぶち込んだりとか、三人くらいで一気に作るんですよ」

「豪快ね。楽しそう」

「遊びじゃないんですけどね……」

私が厨房へ入るのは初めてなので、料理を作るところが見られるのは楽しみだ。

磨り硝子の引き戸を開けた玲央は、中へ向かって声をかけた。

「おう、咲夜。来てやったぞ」

「玲央さん、まだお手伝いは必要ありません。仕込みの最中です」

淡々とした咲夜の声が返ってきた。彼はこちらに背を向け、作業台から目を逸らさない。

堂本家の厨房は一般的な家庭の台所よりもかなり広く、ホテルの厨房並みの器材が揃えられていた。銀色に輝く作業台が目に眩しい。

玲央のあとから厨房に入ると、ふと振り向いた咲夜は息を呑んだ。

「お、お嬢さん⁉ どうしました、何かありましたか？」

動揺しつつも、咲夜はボウルから手を離し、調理用手袋を外す。

ボウルには酒で漬け込まれ、ハーブがまぶされた鶏肉が入っていた。今夜のメインは鶏のハーブ焼きらしい。

「たいしたことじゃないの。お守りに入れるために、あるものを厨房から譲ってもらえないかと思って」

「お守りに……？　それは、何でしょう」

詳しく話すと、咲夜と玲央は「なるほど」と納得してくれた。

棚を探り、該当のものを取り出した咲夜は作業台にのせる。

「これなんかどうでしょう。あまり使い道がないので、棚で眠ったままになっているものです」

「素材もサイズも、思っていたものにぴったりだわ。ありがとう、咲夜。使わせてもらうわね」

「どういたしまして。お嬢さんのお役に立てたなら幸いです」

ちょうどよい品物が見つかってよかった。私は譲ってもらったそれを、そっと胸に抱く。

はにかむ咲夜を、玲央が肘で小突いた。

「すっかり厨房の主になってんじゃねえよ。俺が料理番に復帰するまで、あと二日だからな」

「自分はもう少し調理担当でもいいかなと思っていますけどね。玲央さんには料理の監修や盛りつけなども手伝っていただいているので、とても助かっています」

「俺は料理番のほうがいい。……けど、この配置替えは組長が俺たちの能力を見極めるためのものだと、俺は思ってる。やらかすんじゃねえぞ」

「わかっています。気をつけます」

表情を引きしめた咲夜と玲央は、拳を軽く突き合わせる。

ふたりの絆の深さを見て取り、私の心はほっこりと温まった。

作業を続ける咲夜を残し、私と玲央は厨房から出る。

「ふたりはとても信頼し合っているのね。なんだかうらやましいわ」

「そりゃあ、今は交代しているとはいえ、同じ厨房で調理と調理補助をやってるわけですからね。料理を仕上げる工程で会話が増えるし、達成感もあるし、やっぱり信頼関係は生まれますよ」

ともに作業をすることで信頼関係が生まれる……。

それは、貴臣と私が子作りを行っていることにも当てはまるのではないだろうかと、ふと気づいた。

私たちの間に信頼は生まれているのか。

彼に愛されて、ただ快楽に溺れているばかりで、互いの絆は深まっているかと胸に問い質してみると、よくわからない。

婚約破棄されて裏切られた経験から、少し男性不信に陥っているかもしれない。私ばかり盛り上がって、婚約者の変化に気づかなかったせいか衝撃が大きく、今も傷跡として残っているのだ。

だから簡単に人を好きになったり、結婚を思い描くことができない。

でも、貴臣のことは信じたい。

彼は私を本気で愛してくれているのではと思う。その想いに応えたいと願う自分がいた。

それに貴臣は、銀山会の事務所に迎えに来てくれたのは己のプライドのためだけではなく、私の身を心配したからだと、ふたりきりのときに言っていた。

でも、それもすべて跡取りを手に入れるためなのかしら……。

妊娠して出産したあとに態度を翻す貴臣を想像しては落ち込んでしまう。そんなことを考えてはいけないと、わかっているのに、ふとしたときに臆病な私が顔を出すのだ。

かぶりを振った私は、リビングに戻った。

ソファに座り、厨房でもらった品物を取り出すと、お守りの中に入れる。

――極道として生きる彼が、危険な目に遭いませんように。

私の抱える懊悩は様々なことがあるけれど、もっとも大切なのは貴臣の身の安全だ。

銀山会との一件で、それを重く感じた。

完成したお守りを、そっとてのひらに包む。

心の中で願いを唱えていると、新しいハーブティーを用意している玲央がさりげなく口を出す。

「大丈夫ですよ、お嬢さん。神に祈らなくても、妊娠しますって」

またもやあけすけすぎる言葉をかけられて、かくりと肩を落とす。

「……妊娠しますように、と祈ったわけじゃないわ……」

苦笑しつつ、ノンカフェインのハーブティーを口にする。

近頃の飲み物がすべてカフェインレスなのは、妊娠を意識したものだと私も気づいていた。

周囲の期待はかすかに感じるけれど、妊娠の兆候は、まだない。

むしろ懐妊したら、貴臣と暮らす生活に終わりが見えてくる。

そう思うと、胸が軋んだ。

私、ずっと貴臣と一緒にいたいのかしら……。

悶々と考えても答えは出ない。ふと気がついたとき、新しく淹れてもらったハーブティーはとうに冷めていた。


その日、夕食の時間になっても貴臣は帰ってこなかった。

待たなくていいという旨を玲央から聞いたので、私は咲夜が作ってくれたハーブチキンをひとりで食した。

爽やかな香りのハーブチキンはとても美味しいのだけれど、貴臣がいないだけで食卓は味気ないものになってしまう。

これまでは夕食に間に合わないといったことはなかったのだが、仕事が忙しいのだろうか。彼は朝、出かけるときは何も言っていなかった。予定があるなら、せめてひとことだけでも話してほしかったのに。

ダイニングに食器を片付けに来た玲央に、事情をうかがってみる。

「ねえ、玲央。貴臣は仕事が忙しいのかしら。いつ帰ってくるの？」

「仕事といえばそうですね。かなり遅くなると思います。今日は先に休んでいいんじゃないでしょうか」

まるで今日のうちは帰ってこないかのような言い方に、不安を煽られる。

しかも仕事というより、私には言いにくい用事で帰ってこないのだと察した。

すぐさま決意した私は、席を立ち上がった。

「玲央。私を、貴臣のところに連れていってちょうだい」

意表を突かれた玲央は、空の食器を持ったまま立ち竦んでいる。

けれど彼はすぐに嫌そうに顔を歪めた。造形が整っているので、歪めた表情すら美しい。

「行かないほうがいいと思いますよ。お嬢さんが入るようなところじゃないですし」

「ということは、貴臣の居場所を知っているのよね？」

「まあ……知り合いの幹部たちが集まって会合する場所なんですけどね。接待ですよ」

玲央は濁しているが、おそらくホステスがいるクラブのような店ではないだろうか。

もちろん私はそのような店に入ったことはなかった。

女性とお酒を楽しむために、貴臣はあえて帰りが遅くなることを私に伝えなかったのだ。

なぜか胸がむかむかしてきて、このまま大人しく待っていられそうにない。

私はスカートのポケットに入れていたお守りに、そっと触れた。

貴臣が帰ってきたら手渡そうと思っていたけれど、こうなったら私から会いに行って渡そう。

そう奮起でもしなければ、渡せそうになかった。なにより、今すぐに貴臣に会いたくてたまらない。

焦燥を覚えた私は心を決めて玲央に向き直る。

「車を出してちょうだい。貴臣のところに行くわ」

「……どう言っても無駄みたいですね。わかりました」

了承した玲央とともに離れを出て、玄関先に車をまわしてもらう。

すでに辺りには夜の帳が下りていた。車寄せから見える空には、細やかな星屑が瞬いている。

そこへ、玲央の運転する車がゆっくりとやってきた。

一歩踏み出した私の肩に、ふわりと柔らかなコートがかけられる。

ふと振り向くと、そこには心配げな顔をした咲夜がいた。

「お嬢さん。今から外出されるんですか？」

硬い声でそう訊ねた彼は、私の肌に触れないよう、コートの襟を整える。軽くて暖かなコートは、肌寒い夜にちょうどよかった。

「ええ。貴臣のところに行ってくるわ。すぐに帰ってくるから、心配しないで」

「自分も同行したいですが謹慎中なので……あと二名ほど若衆をつけましょうか？」

「平気よ。ちょっと様子を見てくるだけだから」

私用なのに堂本組のみんなを振り回すわけにはいかない。運転手として玲央ひとりがいてくれたら充分だ。

咲夜を安心させるため微笑を浮かべると、運転席から顔を覗かせた玲央がこちらに向けて軽く手を上げた。任せておけ、と言いたいらしい。

ひとつ頷いた咲夜は後部座席のドアを開ける。

「いってらっしゃいませ」

車に乗り込んだ私は、咲夜に見送られて堂本家をあとにした。

等間隔に灯された常夜灯の並ぶ私道を、車はゆっくりと進む。

強気で外出したものの、今さらかすかな怯えが込み上げてきた。

でも、どうしても貴臣に会いたい。

彼が私の知らない世界でどんなことをしているのか、この目で確かめたかった。

ポケットに入れたお守りを、きゅっと握りしめる。

「ねえ、玲央。会合の場所は、堂本組の人間が入ってもよいところなのかしら」

念のため、玲央に確認を取ってみる。

玲央は革張りのハンドルを操作しながら、前を向いたまま答えた。

「問題ありません。クラブのオーナーは、うちの組長です。でかい箱だから海外のカジノみたいな感じですよ」

そう言われても、海外のカジノに行ったことがないので想像ができない。貴臣がオーナーの店ならば少なくとも入店を断られたり、シマについて争う事態にはならないはずだ。

安堵した私は、煌びやかなネオンに彩られた夜の繁華街を車窓から眺める。

酔っ払ったサラリーマンや、居酒屋の呼び込みをしているスタッフなどたくさんの人々で街は賑わいを見せていた。

やがて車は繁華街の奥に辿り着く。この辺りは喧噪とは程遠く、人もまばらだ。建ち並ぶビルの中にある、ひときわ大きな建物が目立っていた。入り口の黄金のドアの前に、黒服のドアマンが直立している。

一見すると何の店かわからないが、ここは女性が接待してくれるクラブらしい。周辺には、煌びやかな女性の写真が看板に掲載されている店がいくつもあった。

玲央は店の前の道路に停車した。

「ここです。高級店なので仕切りがありますけど、ほかの席を覗いたりしないでください」

「わかったわ」

そのような不躾なことはしないつもりだ。玲央の注意に頷いたけれど、クラブに入るのは初めてなので緊張が漲る。

玲央に後部座席のドアを開けてもらい、外に降り立つ。夜風が吹いたので、ぶるりと体を震わせる。咲夜にコートをかけてもらってよかった。

ドアマンに近づいた玲央は何事かを手短に告げる。すると、心得たドアマンにより、すぐに黄金の扉が開けられた。振り返った玲央は私の入店を促す。

「行きましょう。俺が先に行くわけにはいかないので、お嬢さんが前を歩いてください」

「どうして?」

「どうしてって……そりゃ、格がそうなってるからですよ。俺がお嬢さんを従えて前を歩いたら、俺の女ってことになるじゃないですか。お嬢さんは組長の女ですから、その人を差し置いて若衆が前に出るなんて、ありえません」

「そういうものなのね……」

またしても厳格な縦社会を垣間見る。男性をもてなすクラブで堂々と前を歩くなんて臆しそうになってしまうけれど、貴臣に会うためだ。

私は胸を張り、優雅な歩調で店に入った。

きらきらと輝く巨大なシャンデリアのもと、真紅の絨毯が張り巡らされている室内は豪華絢爛な非日常の世界だった。半円の囲いのある客席がそこかしこにあり、煌びやかなドレスをまとった女性がスーツを着たお客の話し相手をしている。軽やかな笑い声は、さざ波のように寄せては引いた。

タキシードを着用したボーイと遭遇するが、彼らは慇懃に頭を下げるだけで咎めてきたりはしない。

私の背後に付き従う玲央が、店の奥にある螺旋階段を指し示した。

「VIPルームは二階です。ここで会合があるときは、いつもその部屋を使います」

「そうなのね。とても広いお店ね」

「ドル箱の大型店ですからね。一階で一時間飲むだけでも、サラリーマンの月収が飛びますよ」

ここは気軽には入れない高級店らしい。金色の蔓模様が細工された螺旋階段を上ると、二階にはずらりと飴色の扉が並んでいた。ラグジュアリーな雰囲気が醸し出されているこのフロアは、特別な客のための個室のようだ。

真紅の壁と絨毯が彩る華麗な廊下を進むと、最奥に目的のVIPルームがあった。華麗な装飾が施された扉の脇には、黒服のボーイが控えている。

彼は近づく私を警戒するように、扉の前に立ちふさがった。

「お客様、こちらへのご入場はお控えください」

静かに述べられたが、有無を言わさぬ拒絶が込められている。

もしかしたら、大事な話し合いが行われているのかもしれない。

私の後ろにいる玲央がボーイに告げる。

「通してくれ。責任は俺が取る」

「そういうわけにはまいりません。どうぞ、お戻りになってください」

にべもなく断られ、ボーイは白手袋をはめた両手を掲げた。入室は許可できないというサインだ。

けれど、ここまで来て引くわけにはいかなかった。

勇気を奮い立たせた私は、毅然として言い放つ。

「私は堂本組の姐御よ。ここにいる堂本貴臣に、会わせてもらうわ」

はっとしたボーイは怯んだ。その隙に彼の脇をくぐり抜け、金の装飾が施されたドアノブに手をかける。

ぐいと引いて室内に足を踏み入れる。

その瞬間、甘ったるい葉巻の香りが鼻腔をくすぐった。

ぴたりとさざめきがやみ、室内にいた人たちの視線が一斉にこちらに向けられる。

半円型のソファにずらりと座るスーツ姿の男たちはみな、鋭い目つきをしている。

彼らの中に、貴臣と牧島がいるのを確認できた。ここにいる男性たちは極道の幹部なのだろう。彼らの隣には、それぞれ大胆なドレスをまとった美女が寄り添うように腰かけていた。大理石のテーブルには高級そうな琥珀色のブランデーボトルがいくつも鎮座している。

豪奢な緋の空間はＶＩＰルームに相応しい人たちと調度品ばかり。

そこで私だけが異質な存在だった。

中央に腰かけていた貴臣は驚きに目を瞠り、手にしていたグラスを揺らす。

私の脳裏を一瞬、怒鳴られるかもしれないという恐れがよぎる。

けれど、彼の両隣に綺麗な女性が座っているのを目にして、憤りが胸を占めた。

「こんばんは。お邪魔だったかしら」

自分でも驚くほど冷静に述べる。少し離れた丸椅子に座っていた舎弟らしき男たちが、怪訝な顔をして立ち上がった。

そのとき、素早くグラスを置いた貴臣が席を立つ。彼は扉の前にいる私のところまで大股でやってきた。

「葵衣、どうした。何かあったのか？」

すぐに報告しなければならない事態が起こったのかと思われたのだ。貴臣は緊張を漲らせている。

さっきはつい強い言い方をしてしまったけれど、非常事態ではないので、私の声が弱くなる。

「急用ではないの。どうしても貴臣に会いたくて……」

ほっと肩の力を抜いた貴臣は笑みを浮かべる。彼は私の手を取り、腰を抱いた。

「それならいい。せっかくだから飲んでいけ。——おい、おまえら散れ」

貴臣のひと声に、それまで彼の隣に座っていた女性たちが、さっと席を立つ。舎弟たちは丸椅子に腰を落ち着けた。私のあとから入室した玲央も、黙してそちらに座る。

主の座るべきソファの中央に、貴臣は私を抱き込むようにして座らせた。強引に腰を抱かれているので、彼の言うとおりにするしかない。

詮索するような幹部たちの目線が突き刺さる。そこには薬師神も同席していた。

「私が参加してもいいの？　綺麗な女性たちと楽しくお酒を飲んでいたのではなくて？」

会合かもしれないが、彼らはゆったりと構えてグラスを傾けている。

貴臣が私以外の女性と楽しんでいたと思うと反発心が湧き、尖った声が出た。

ぐい、と私の肩を引き寄せた貴臣は、顔を覗き込んでくる。

「彼女たちは店のフロアレディだから接客するのが仕事だ。これも浮気だなんて言うなよ？　俺にはおまえだけだ」

深みのあるブランデーの香りが混じった呼気を吹きかけられる。その香りと甘い言葉だけで、くらりと酩酊するような気分になってしまう。

怒っているわけではないけれど素直に許したくはなくて、唇を尖らせる。すると、葉巻をくゆらせていた牧島が喉奥から笑いを零した。

「勘弁してくれよ、貴臣。てめえの女を自慢するための若頭会なのか？」

「黙ってろ、牧島」

貴臣は鋭い双眸を投げ、低い声音で命じる。

舌打ちを零した牧島は、指に挟んでいた葉巻をブランデーグラスに突き入れた。クリスタル製の灰皿がテーブルにあるというのに。

ジュッと音を立て、かすかな煙が上がる。

牧島は煙越しに、黙々とグラスを傾けている陰気そうな男に声をかけた。

「貴臣には黒沼のお嬢さんという許嫁がいるっていうのにな。堂々と女を連れてこられたら、あちらさんが困るだろう。——なあ、黒沼組の若頭さんよ」

その言葉に、どきりと嫌なふうに鼓動が鳴る。

貴臣に、私以外の許嫁がいる……どういうこと？

牧島の投げかけた言葉に反応した幹部たちは、黒沼組の若頭だという男をさりげなくうかがう。

だが彼は、ちらりと牧島を見ると、すぐにグラスに目線を戻した。

「自分は存じませんので」

「ふん。帰ったらさっそく真由華お嬢様に報告か？　あんたは密告で成り上がった若頭だからな」

「その台詞は牧島さんにお返しします」

「なんだとぉ？」

立ち上がった牧島を、すかさず薬師神が肩を押さえて制止する。場に緊張が走ったが、貴臣の一喝が不穏な空気を薙いだ。

「くだらない言い争いをするんじゃねえ！　酒の席で小競り合いするのはチンピラだけだ。おまえら若頭だろうが」

しん、と静寂が満ちる。誰かのグラスから氷が崩れる音が、カランと響いた。

牧島は渋々といった体で腰を下ろす。それを見た幹部たちは一様に、ふうと息を継いだ。

どこかの組の幹部が「さすが、堂本組の組長さんは威厳がある」などと貴臣をもてはやす声が遠くに聞こえる。私の耳奥では警鐘のような耳鳴りが響いていた。

黒沼組の、真由華お嬢様――。

その名前は記憶の中からいとも容易く引き出された。

事務所に届いた貴臣宛ての、大量のプレゼント。あれらの送り主の名が、『黒沼真由華』だった。

咲夜は単なる知り合いと説明していたけれど、まさか、許嫁だったなんて。

今すぐに貴臣を問い詰めたい気持ちを、ぐっとこらえる。私の肩が震えるのをどう取ったのか、貴臣は柔らかな笑みを向けてきた。

「驚いたか？　挨拶代わりみたいなものだから気にするな。今日は月恒例の若頭会でな。連合の若頭や若頭補佐を呼んで、こうして酒を振る舞ってねぎらうのさ」

私が説明してほしいのは怒鳴ったことについてや、会合の詳細ではない。

彼の表情には、許嫁がふたりいることへの罪悪感など微塵も見られない。各組の幹部が顔を揃えている手前、この場で私に説明できないのもわかるが、それにしてもまったく気にしていないようなそぶりなのは腹が立った。

「葵衣も飲め。シャンパンを開けるか。最高級のものを持ってこさせよう」

「けっこうよ。少し気分が悪いから、お手洗いへ行ってくるわ」

貴臣が許嫁の件を誤魔化そうとしているような気がする。胸が痞えてきたので、彼の手を振りほどいて席を立った。

すかさず玲央が腰を浮かせたので、彼に命じる。

「ついてこなくていいわ」

玲央は貴臣をうかがいつつ、ゆっくり丸椅子に腰を落ち着ける。貴臣は小さく頷いていた。

ＶＩＰルームを出た私は、廊下の端にあるお手洗いへ向かう。

広い鏡台の前には誰もいなかった。鏡の中の陰鬱な自分の顔を見て、溜息が零れる。

どうしてこんなにも心が揺さぶられるのだろう。

自分自身でも感情に上がり下がりがあって、抑えられないことに落ち込んでしまう。お守りを渡すために来たのに、とてもそんな雰囲気にはならなかった。私はいったい何をやっているのだろうか。

貴臣は穏やかに迎えてくれたけれど、彼を困らせているかもしれない。極道ではこういう接待を受けるのはふつうのことだろうに、私は勝手に嫉妬したりして自分勝手だ。

しかもまさか、もうひとりの婚約者の存在を知ることになるなんて、思いもよらなかった。

だけど、私は跡取りを産むためのかりそめの花嫁なのだから、正式な婚約者とはいえないかもしれない。貴臣との関係もいずれは解消することになる。彼が婚約者をもうひとり確保しているからといって、文句を言える立場ではないのだ。

けれど、ほかにも許嫁がいるのなら、私にひとことくらい言っておいてほしかった。彼が何も告げなかったのは、私が子を産むためだけの道具という位置づけだからなのかと考えると、悲しみが込み上げてくる。

瞼の奥から熱い涙が滲み、頬を伝い落ちた。

「もしかしたら、なにもかも、その人と結婚するためなのかしら……」

私と妊活して跡取りを産ませ、婚約破棄したそのあとに、黒沼組の許嫁と正式に結婚する。そうすれば、貴臣は多くのものを手に入れられる。まずは跡取りと、生まれたときから極道の世界を知る花嫁、そして黒沼組も手中にできるのかもしれない。母親はいなくてもかまわないといった環境で育ってきた貴臣だから、堂本組の後継者は正妻の子に限らずいくらでも必要とするのだろう。

あの豪奢な離れも、たくさんの着物をプレゼントしてくれたのもすべて、黒沼組の許嫁のためだったのかも。

私……どうして、愛されてるかもなんて、思えたのかしら……。

貴臣だけは信じたいのに。私の想いとは裏腹に、厳しい現実が突きつけられていく。

肩を震わせ、零れる涙をひたすら拭った。

ポケットの中で、ぎゅっとお守りを握りしめる。

捨ててしまおうかという考えが頭を掠めたけれど、それはできなかった。

彼の安全を祈るために作ったものだから。

お守りを捨てて、そのあとに貴臣が怪我をするようなことがもし起きてしまったら、私はきっと後悔する。

私はお守りをしっかりとポケットに入れ直した。

いつまでもこうしてはいられない。先に帰るにしても、貴臣にひとこと断り、玲央をともなわなければならないだろう。

ハンカチで目元を拭った私は深呼吸を繰り返した。

連合の幹部たちが揃っている席で、貴臣の隣に座る私が取り乱してはいけない。そんなことになれば彼の権威にかかわってしまう。とにかく店を出るまでは気丈に振舞おうと心がける。

悠々とした足取りでお手洗いを出る。そのとき、螺旋階段を上ってくる人影が目に留まった。

その男は背を丸め、おどおどと後ろを気にしている。かなり不審な様子だ。乱れてはいるがサラリーマンらしきスーツ姿なので、一階のお客さんだろうか。

見覚えがある顔だと思い、足を止める。

するとその男は私に気づき、「あっ」と驚きの声を上げた。

「葵衣じゃないか！　こんなところで何やってるんだ⁉」

声でわかったが、彼は私の元婚約者だった小溝亮だ。

しばらく会っていないためか、それとも貴臣の印象が私の中で濃厚になってきたためか、すぐにそうとはわからなかった。亮の容姿が以前とは変わっていたこともある。げっそりとして、目元には隈が浮かんでいた。

咎めるような口調で言った亮は言葉とは裏腹に、なぜか足取り軽く階段を上ってくる。まるで縋る藁を見つけたかのように。

「あなたこそ、どうしてここにいるの？」

彼との顛末を思うと、とても再会を喜べない。名前で呼ぶ気にすらなれなかった。

上司との付き合いでクラブにいたのかもしれないが、それにしては彼の変わりように驚いた。

くたびれたスーツに曲がったネクタイ、顎には無精髭が生えていた。上司の令嬢と結婚するだとか言っていたのだから、出世したはずなのに、まともに会社勤めしているのかと訝るほどである。

「質問に質問で返すなよ。そういうところが葵衣の悪いところだろ」

居丈高に注意しながら階段を駆け上がってきた亮は私と距離を詰めてきたので、一歩引く。

婚約を破棄したときはホテルのラウンジから逃げ去ったのに、今度は詰め寄ってくるなんて妙だ。

「そうかしら。あなたがもっとも気になる点は、婚約破棄したときのキャンセル料を支払ったかどうかじゃないの？　ひとまず支払いはすべて済ませてあるから、あなたからお金をいただくことはないわ」

「そんなことはどうでもいいんだけどさ……ちょっと、金貸してくれないか？　とりあえずこの店の支払いだけでいい」

「……なんですって？」

亮は私の話など聞いていないようで、ひどく焦りを見せた。

どうでもいいと片付けられたのにも腹が立つが、この店の支払いに困っているとはどういった状況なのか。商社勤めである亮の給料ならば、払えない金額ではないと思う。そもそも支払えないなら、飲みに来るべきではない。

「あなたは役員の令嬢と結婚したのよね？　そのために私と婚約破棄したのに、クラブの料金を私に借りようだなんて恥ずかしくないの？」

私たちはもはや他人である。それを望んだのは亮なのに、捨てた相手から金の世話になろうとはあまりにも図々しい。

亮は気まずげに視線をさまよわせたが、必死に弁明してきた。

「そういうことじゃないんだよ。役員の令嬢とは結婚してないし、出世もなくなったんだ。それどころか俺は会社をクビになったんだぞ!」

「どういうことなの?」

「だからさ、誤解なんだよ。俺がほかの女に浮気しただとか因縁つけられて、破談にされたんだ。その責任を取ってもらうだとかで、会社を辞めさせられたんだよ。あのまま結婚できていれば俺は役員だったのに……はめられたんだ。藤宮製紙は持ち直してるし、こんなことなら葵衣と別れるんじゃなかったよ」

呆れて溜息すら出なかった。

察するところ、亮はほかの女性に手を出したことが発覚して、令嬢と上司から見切りをつけられたようだ。彼は私とお茶をしているときでも、周囲の女性を眺める癖があった。今ならわかるが、あれはほかの女性を物色していたということなのだろう。浮気性が災いして失職したのは気の毒だが、保身だらけの言い分にはとても同情できない。

亮は自己の利益のために、その都度有益な女性と結婚しようとしている。ところが結婚が決まりそうになると、別の女性に走ることを繰り返している。自信がないゆえなのか、それとも生来の浮気性なのかもしれないが、こんな男と結婚しようとしていたなんて、私はなんて愚かだったのだろう。

「それで、会社を辞めたのにどうしてクラブで飲んでいるのよ」

「ストレスが溜まってるから、解消が必要なんだ。男はそういうものなんだよ。葵衣は本当に俺のことをわかってないな」

「今さらわからなくていいわ。それじゃあね」

顔を背けて去ろうとする私に、亮は勢い込んで食い下がってきた。

「葵衣、俺とやり直そう！　とりあえず、飲み代を払ってくれよな。ここにいるってことは、ホステスの面接に来たんだろ？　オーナーに話を通しておいてくれよ」

「……お会計についてはオーナーに話しておくわ。だけど、私はあなたとやり直す気はありません。すでに別の人と婚約しているから、お断りするわね」

きっぱりと復縁を否定する。

亮が金のために私を利用しようという姿勢なのは明らかであり、そんな彼に対する愛情は微塵もなかった。

それに、私には貴臣がいる。

正式な婚約者かといえば微妙な位置ではあるけれど、貴臣は私の心のすべてを占めていた。

貴臣がいないと寂しいと感じるのも、ほかの女性と一緒にいることを嫉妬するのも、彼への恋情ゆえなのだ。

この想いが揺るぎないものであると自信を持って言える。今さら以前の婚約者が現れたからといって、そちらになびくことなどない。

ところが亮は驚愕の表情を見せて、私に掴みかかってくる。

「なんだって!?　もうほかの男がいるのかよ！　そんなふしだらな女だったのか！」

自分を棚上げして怒り出した亮は、私のコートの襟を引きちぎらんばかりに掴み上げた。

「きゃ……！」

たたらを踏みそうになったそのとき、不躾な手がバシリと叩き落とされる。

驚いた一瞬ののち、私の体は強靱な腕の中に抱き込まれていた。

「俺の女にさわるな」

威嚇する猛獣のような低音を響かせて、突然現れた貴臣は守るように私を抱える。

あまりにも遅いので様子を見に来てくれたのだ。

貴臣の威圧に驚いた亮は身を引いていた。

けれどすぐに虚勢を張った彼は私を指差す。

「な、なんだあんたは!?　俺はこいつの婚約者だぞ！　外野は引っ込んでろ」

当然ながら亮は、貴臣がこの店のオーナーだとは知らないようだ。支払いに困っているのなら、彼に懇願するべきなのに。

それどころか私を婚約者だと主張して、まるで我が物であるかのように言うなんて。

「違うわ。もう婚約者では……」

亮の勝手な言葉を否定しようとしたとき、貴臣が抱いている私の肩をそっと指先で叩く。まるで、俺に任せろという合図のように。

「なるほど。おまえが婚約破棄して、葵衣に式場諸々のキャンセル料を払わせたクズ男か」

「なっ……なんであんたがそんなこと知って……そうか、葵衣が喋ったんだな。キャンセル料は葵衣が払って当然なんだ。俺は結婚するなんて言ってないんだからな！」

「おまえは、葵衣とは結婚したくないが、金は払ってほしいから婚約者だと主張するのか？」

己の矛盾を指摘された亮は、何を言われたのかわからないというように目を瞬かせた。

自らの保身しか考えないので、主張が一貫していないことに彼自身が気づかないのだろう。

貴臣の発言は的を射ていた。亮は私と結婚する気はないけれど、尻ぬぐいはしてほしいということなのだ。あまりにも身勝手すぎる。

そのとき、黒服のマネージャーが音もなく螺旋階段を上ってきた。路傍の石であるかのように亮の脇を通り過ぎた彼は、慇懃な仕草で臙脂色のケースを貴臣に差し出す。

「こちらのお客様の会計伝票でございます。会計を済まさずに帰ろうとしたのでボーイが引き止めました。電話をかけたいとおっしゃったあと、姿が見えなくなり、捜しましたらこちらに。オーナー、いかがいたしましょうか」

貴臣は会計伝票が挟まれているケースを開き、一目だけ金額を確認する。

この店のオーナーが貴臣だと知った亮は、あんぐりと口を開けていた。

「あ、あんたがオーナーだったのか？　ちょっと待ってくれ。今は持ち合わせがないだけなんだ。そうだ、金は葵衣が立て替えてくれる。そうだろ、葵衣？」

先ほどまでの居丈高な態度を途端に翻した亮は、うろたえ出す。それでも私に金を払わせて逃れようという姿勢は崩さないのが、怒りを通り越して哀れに思えた。

臙脂色のケースをマネージャーに返した貴臣は、私の肩を抱いたまま亮を睨みつける。

「金は払わなくてもいいが、店は出禁だ。葵衣にも今後いっさい、近づくな。彼女は

「俺の婚約者であり、俺と結婚する」

力強く告げられたその宣言に、私は目を見開く。

貴臣は、私と結婚するつもりなの……？

けれどすぐに、この場を収めるために強調したのだと気づいた。

先ほど私がボーイに向けて、『堂本組の姐御』だと名乗ったように、誇張しているだけなのだろう。

会計を支払わなくてもよいと言われた亮は挙動不審に辺りをうかがい、やがて転げるように螺旋階段を下りていった。いつも逃げてばかりいる彼の背を悲しい目で見ていると、くいと頤を掬い上げられる。

目を合わせられた貴臣の双眸に不満が籠もっているのを見て取り、私は釈明した。

「あの人とは、ここで偶然再会しただけなの。私の元婚約者のせいで、また貴臣にお金を負担させることになってしまって申し訳ないわ」

「それはいい。逃げる癖がついているやつは、最後は掃きだめしか居場所がない。二度とあいつにかかわるな。おまえは、俺だけの女だ。それを忘れるなよ」

強い双眸に射貫かれ、こくりと頷く。

もう過去のことは忘れようと、彼の瞳に誓った。

そのあと場はお開きとなり、帰宅する車に、貴臣とともに乗り込む。

クラブの前には各組の幹部たちを迎えに来る黒塗りの高級車が列を成していた。

貴臣は別の車で来たのに、そちらには薬師神だけを乗せて、あえて玲央の運転する車に私と乗った。

貴臣は私の肩をずっと離さなかった。

車窓に流れる街のネオンが、光の尾を引いている。

私は剛健な肩に凭れながら、ふと訊ねた。

「貴臣……」

「どうした？」

「私と……ううん、なんでもないわ」

貴臣に私と結婚する気はないのか確認しようと思ったけれど、できなかった。

彼が望んでいるのは、跡取りだけだ。

なぜなら貴臣は、極道なのだから。

組より女のほうが大事なんて、ありえないだろう。

そう思った私は、そっと目を伏せた。

五章　もうひとりの婚約者

クラブから帰ると、貴臣は私を抱きかかえて車から降ろし、そのまま有無を言わさず離れの寝所へ連れ込んだ。

強引に服をむしり取られて濃密に愛撫され、嬌声しか口にさせてもらえない。

そんな貴臣に反発したい気持ちもあるけれど、淫らな体はぐずぐずに蕩ける。

ぎゅっと、貴臣の肩を掴んで爪を立てる。

純白の恍惚に呑み込まれながら、腰をがくがくと震わせた。

ふたりの荒い呼気が混じり合う。貴臣は呼吸が整わないうちに、私の唇を求めた。

「ん……」

キスをして、ねっとりと互いの舌を絡ませる。

すべてを満たされた心地になり、陶然とする。

けれどこのまま流されると、また貴臣は腰を蠢かせるので終わりがなくなる。私はあえて舌を突き出し、口腔から彼の舌を追い出した。

「どうした。休憩か?」

間近から見つめてくる貴臣の相貌には滴る汗が輝き、色濃い情欲が宿っている。

私は爪を立てていた彼の肩を撫でるようにてのひらを這わせた。

極道の証である刺青をさわっても、爪で傷つけても、貴臣は何も言わない。それどころか、私は彼の背中を見たことがないので、全体がどういった絵柄の彫り物なのかすら知らなかった。見せてほしいと頼んだことはないけれど。

もう何度も肌を合わせているのに、貴臣のもっとも大切なところには触れられない気がして、胸が切なくなる。

「……貴臣は、私が爪を立てても気にしないのね。刺青が傷ついてもいいの？」

私が堅気の人間で、かりそめの花嫁だから、どうでもいいのだろうか。

だから、もうひとりの許嫁のことも話してくれないのかと思うと悲しくなる。

貴臣は枕を掴んでいたほうの私の手を掬い上げると、指先にくちづけた。

「お嬢の爪は伸びていないだろう。だから俺を傷つけられないぞ。こんなに切って深爪しないのかと心配になるくらいだ」

「ピアノを習っていたときの癖で、ぎりぎりまで切ってしまうのよ」

「ほう……ピアノが弾けるのか。さすがは社長令嬢だな」

「誰でも習えば、それなりに弾けるものよ。爪が伸びていなくても、掴まれたら痛いのじゃなくて？」

貴臣に抱かれていると夢中になってしまい、つい肩や腕を掴んでしまうのだ。

けれど彼はまったく嫌がるそぶりを見せない。

「気にならないな。むしろ、そんなに感じてくれるのかと思うと嬉しくなる。ほかの女に掴まれたら振り払うけどな」

「ふうん……ほかの女というのは、もうひとりの許嫁かしら？」

小石を投げて波紋を呼ぶと、指先にくちづけていた貴臣は真顔になる。

その手をシーツに縫い止めた彼は、私の体に覆い被さった。

「クラブでの話だがな、黒沼組の娘が俺の許嫁という事実はない。俺は承諾していない。黒沼組が勝手に吹聴しているから、噂が独り歩きしているだけだ」

真摯な双眸を向けた彼は、明瞭に言い切った。

もうひとりの許嫁についてはあくまでも噂であり、貴臣自身は承諾していないことを本人の口から明確に言ってもらえたので、私の胸には安堵が広がる。

けれど、当人の意向が尊重されるわけでもないことを私は知っていた。

なぜなら私たちこそが、祖父の契約に基づいて許嫁となったのだから。

まして極道の世界では様々な思惑が渦巻いている。もしかしたら、貴臣の知らないところで結婚の話は進められているのかもしれない。

彼を信じたい思いと、面白くない気分が綯い交ぜになった私は唇を尖らせる。

「どうかしら。極道の世界にはいろんなことがあるものね」

「おいおい……勘弁してくれよ。俺にはおまえだけだ。愛してる」

「とても軽い『愛してる』に聞こえるわ」

「だからな……」

困り顔をした貴臣は、ちゅっと唇にくちづけてきた。

貴臣は捕らえた獲物を宥めるかのように私の髪を撫でると、深みのある甘い声を耳元に吹き込む。

「何がほしい。マンションか？　別荘でもいいぞ」

「いらないわよ……。どうせそこに籠もって子作りするつもりでしょ」

「当然だろう。おまえとつながっているときだけが俺の癒やしだからな」

胸を揉みしだいてくる男のてのひらから逃れようと、私は脱ぎ捨てられた服に手を伸ばした。

「そうだわ。私から貴臣にプレゼントがあるの」

ぴたりと手を止めた貴臣は体を起こした。

彼は私の顔をじっくりと見つめてくる。

「妊娠したのか？」

「……残念だけど、違うわ」

子どもができたことを期待した彼に、まさかプレゼントが手作りのお守りだとは言い出しにくくなってしまった。

ポケットにお守りの入ったスカートを握りしめたまま、機会を失ってしまった私はうつむく。

渡したところで、なんだこんなものかと、がっかりされるかもしれない。そう思うと、もう手が動かなかった。

微笑を浮かべた貴臣は、私の耳朶を指先でくすぐる。

「どうした。俺へのプレゼントはまだか？」

「……やっぱり、あげられないかも。とても小さなものなの」

「そう言われると気になるじゃないか。それじゃあ、交換しよう」

「交換？　でも私は、別荘やマンションはいらないわよ」

「だからな、俺のほうからも小さなプレゼントをする。葵衣が俺にくれようとしているものと引き替えだ。プレゼント交換なら、気兼ねなく俺に渡してくれるだろう？」

そう言ってもらえると渡しやすかった。同等の小さな贈り物ならば、それは彼の笑顔でもよいのだから。

「そうね……。それなら、これ、もらってくれたら嬉しいわ」

ポケットからお守りを取り出し、そっと貴臣のてのひらに乗せる。

大きなてのひらに悠々と収まる青のお守りを目にした貴臣は、じっと眼差しを注いでいた。

彼がどんな反応をするのか怖くて、私は上目で表情をうかがっては、またうつむくことを繰り返す。

「これは……手作りなのか？」

「そうなの。貴臣が危険な目に遭いませんようにと、願いを込めたわ。このお守りの材料を買うために行った商店街で、銀山会の人たちに捕まってしまったの」

フッと笑った貴臣はお守りを握りしめると、私の体に腕を回して抱きしめた。

「まったく、しょうがないやつだな。俺のためを思ったのに、おまえが危険な目に遭っていたらどうしようもないだろう」

「ごめんなさい。どうしても、貴臣にお守りを贈りたかったの」

抱きしめる腕をゆるめた貴臣は私と目を合わせ、鼻先を擦り合わせる。彼の肌と吐息が甘くて、ほろりと心が綻んだ。

「俺の身を案じてもらえたのは初めてだ。最高のプレゼントだよ。ありがとう。大切にする」

その言葉に、じんと胸が感激に包まれた。

私、貴臣が好きだわ……。

たとえかりそめの夫婦だとしても、彼のことが好き。

極道なんて怖いと思っていたのに、貴臣が見せる優しさに惹かれてしまった。危険な世界に身を置く彼を守りたいという愛情が胸の奥から湧き出てくる。

だけど、この想いは打ち明けてはいけない。跡取りを産んでしまえば、私たちの関係は終わるのだから。

切ないけれど今は、お守りを受け取ってもらえた喜びだけを胸に刻もう。

そう思った私は複雑な想いを胸に秘め、愛しい貴臣の笑顔を目に焼きつける。

「そうだわ。お守りは中身を見てはいけないそうだから、開けないでね」

「わかった。中を見ないと約束しよう」

もう一度お守りに目を落とした貴臣はベッドを下りて、それをジャケットの胸ポケットにしまう。

すぐに戻ってきた彼は、強靭な腕の中に裸の私を抱き込んだ。

事後の貴臣の熱い体温はいつでも心が穏やかになる。こうして彼とくっついて戯れながら話すのも、とても好きな時間だった。

「ところで俺のほうからのプレゼントだが、思いつかないな。このお守りと引き替えに、葵衣は何がほしい？」

交換だけれど、私からほしいものはなかった。あえて言うなら、貴臣が抗争に巻き込まれて命を落とすことがないように、という彼の身の安全だろうか。そのためのお守りだった。

私はゆるりと首を横に振る。

「何もいらないわ。もらったら……寂しくなるから」

私は子どもを産むだけの役目なのだから、いずれ出産を果たしたら、貴臣のもとを去らなければならない。それは私が望んだことだ。初めから契約により、そのように取り決められたのだから。

貴臣は私を『俺の女』『婚約者』と言ってくれるが、〝今は〟というだけの話なのだ。

母親に捨てられた貴臣は、母というものを根本的に信用していないのではないか。

彼自身、若衆や舎弟たちに育てられたと語っていた。そんな彼が、私に母親としての役割を求めるとは思えない。

大事な人に裏切られた傷は深いだろう。

私だって、婚約破棄された元婚約者に対してよい気持ちはない。それと同じだ。

だから今さら契約を変更したいなんて、言えない。

貴臣だって、契約を反故にするような女は嫌いになるだろう。

だからこそ彼は私に「姐御になれ」とは言わない。それでいいはずだったのに、彼と過ごす時間が長くなるごとに、私の考えは初めの頃とは少しずつ変化していた。

貴臣と本当に結婚できたなら……。

そう望んでいる私がいる。堂本組の姐御になることも受け入れられると、今は思えた。それは屋敷で過ごすうちに、貴臣や組のことを少しずつ知って、極道の世界に馴染んできたからなのかもしれない。

でもそんなことを相談できるわけがなかった。

私は出産のあと、貴臣に子どもを預けて、潔く身を引かなければならない。

別れるときに贈り物が手元にあると、彼を思い出して寂しさを募らせてしまうだろう。

だから、物はいらない。写真も、小物すらも。

私が呟いた台詞には哀愁が滲んでいたのかもしれない。ふと眉をひそめた貴臣だが、すぐに「そうか」と言って気を取り直していた。

「物じゃなくてもいいだろう。俺にしてほしいことはないか？」

「してほしいこと……」

笑ってほしい――と言いかけたけれど、貴臣はすでに笑みを浮かべて私の言葉を待ち受けている。強靱な胸と肩、そして二の腕まで彫られた極悪な刺青と、眩しい笑顔のギャップに胸がときめいた。

そのとき、貴臣の背中を見たいという願望が脳裏をよぎる。

決して見せてもらえない極道の証。

でも今なら、お願いできるだろうか。

「あ……あるわ。貴臣に、してほしいこと」

「なんだ？」

無邪気な笑みを浮かべる貴臣は、私の願いをまったく予想していないと思われる。

背中を向けるという、それはごく簡単なことだ。

けれど見てしまったら、最後の箍が外れてしまいそうな気がする。堅気の人間が、極道の彫り物を見たいだなんて、いけないことではないだろうか。かりそめの夫婦という私たちの覚束ない関係が、壊れてしまうのではないか。

そう恐れた私は、やはりためらった。

「今は……やめておくわ。いつか機会があったら、お願いするわね」

驚いた顔をした貴臣は目を瞬かせる。

してほしいことがあると言いながら保留にしたので、不思議に思うのは無理もないだろう。

「お嬢は俺を焦らす天才だな。今はその機会じゃないということなのか？」

「そ、そうね。とても簡単なことなのだけれど、今は、言えないわ」

いっそう長い睫毛を瞬かせる貴臣は、私の体を抱えながら褥に引き倒した。

間近から真摯な双眸に見つめられて、どきんと胸が弾む。

彼の瞳には情欲が宿っていた。

「簡単なら、今すぐでいいだろう」

「今すぐできることだけれど、だめなの」

「それはいったい、なんだ？　史上最大の謎かけだ」

どうにも気になってしまうらしいが、こうなるとあとには引けない。唇を引き結んだ私は首を横に振った。

にやりと笑みを浮かべた貴臣は、まだ火照りを残した体を撫で下ろす。

「そうか。じゃあ、体に聞いてやる」

「あっ……そんなの……ちょっと待って」

「待たない。今すぐにおまえがほしい」

こうしてまた濃密な交わりが始まる。

散々愛撫されて啼かされ、夜が明けるまで揺さぶられても、私は口を割らなかった。


すっかり陽が昇る頃、ようやく褥から起き上がる。

貴臣はすでに隣にいない。

寂しさが胸を衝き、寝乱れたシーツを握りしめる。

そういえば夢うつつの中、額にキスされて「仕事に行ってくる」と告げられたことを思い出した。私の願い事が何か、口を割らせようとした貴臣に一晩中抱かれたので、眠くて見送れなかったのだ。散々喘がされたけれど、背中を見せてほしいという願いは話していない。

「いつか……言えたらいいわ。そんな日は、来ないかもしれないけれど」

そっと自らのお腹に手を当てる。ここに何度も子種を注がれた。

もし妊娠したら、ふたりの関係は終わりが見えることになる。

そう考えると、子どもができるのが怖かった。それとも妊娠して出産し、貴臣への恋心をすっぱり諦めたほうがよいのだろうか。

もうひとりの許嫁については承諾していないと、はっきり言っていたけれど……。抱かれているときは彼だけを見て、快楽を追っていられるのに、貴臣がいないときはあれこれと思い悩んでしまう。

ふるりとかぶりを振った私は、皺の刻まれたシーツから抜け出す。

シャワーを浴びてから着替えを済ませ、ダイニングへ赴く。テーブルには茶器の用意がしてあった。私が寝坊したので、朝ご飯は待ちぼうけの状態になっている。

ベルを鳴らすと、すぐに玲央が階段を下りてきた。

「おはようございます、お嬢さん。ブランチでいいですか？　けっこう品数が出そうなので、覚悟してくださいね」

「朝ご飯を逃したから、お料理が溜まったのかしら？　寝坊して、ごめんなさい」

「いいえ、そういうわけじゃないです。今日で咲夜の調理担当が終わるので、あいつが気合いを入れて作りすぎなんですよね」

言われてみると、貴臣が命じた咲夜の謹慎期間は今日で終わるのだった。慣れない厨房の担当になって、咲夜はよく頑張ってくれたと思う。

「咲夜の作ってくれるお料理も美味しかったわ。最後かと思うと寂しいわね」

「勘弁してくださいよ、お嬢さん。俺の料理番の立場がなくなるじゃないですか」

肩を竦める玲央に笑みを向ける。

謹慎の目的のひとつは、貴臣がふたりの能力を見極めることだったようだけれど、玲央と咲夜が忠実で仕事のできる部下だとわかってくれたのではないだろうか。

ややあって、テーブルに豪勢なブランチが並べられる。

スモークサーモンとプロシュートのサラダに、数々の自家製パン。新鮮なフルーツの盛り合わせ。絞りたてのフレッシュなジュースや豆乳。メインはハムやチーズの入ったオムレツ、ホイップクリームを添えたパンケーキ。さらにモーニングリブステーキまで。

咲夜の気合いに圧倒されたが、空腹だったため、それらの料理を美味しくいただいた。

食後にカフェインレス豆乳珈琲を嗜んでいたとき、食器を片付けていた玲央に訊ねられる。

「お嬢さん、ベッドに戻りますか？　だいぶ寝不足ですよね。寝るならすぐベッドメイキングしてきますけど」

昨夜の長い情事を暗に指摘され、動揺した私は手にしていたカップを揺らした。珍しく寝坊したためか、玲央にはすっかり悟られている。

「ね、寝ないわよ。もう着替えているもの。そうだわ、事務所に行こうかしら。玲央は明日から厨房に戻るわけだから名残惜しいでしょう。みんなに会っておいたほうがいいんじゃない？」

「そうですね。事務所の連中とは顔を合わせる機会が少ないので、挨拶しておきます」

頬を引きつらせる私に反して、玲央はといえば平然としている。

やっぱり、咲夜に離れを担当してもらったほうがいいかもしれないわ……。

豆乳珈琲を飲み干した私は微苦笑を浮かべた。


玲央をともなって事務所への道のりを歩いていると、猛スピードで門をくぐり抜けてきた黒塗りの高級車が目に留まった。

「どうしたのかしら？」

堂本組で使用している車種とは異なるので、貴臣が帰ってきたわけでもなさそうだ。

急ぎの用がある来客だろうか。

昨夜の若頭会でのやり取りがよみがえり、不穏なものを感じ取った私は事務所へ走った。

辿り着いたとき、車は事務所の正面に横付けされていた。

ブラックスーツの見知らぬ組員が後部座席のドアを開ける。

そこから降りてきたのは紅紫の着物をまとった、しかめつらの若い女性だった。髪を夜会巻きに高く結い上げ、真紅の口紅を塗っている。一見して堅気の人間ではないとわかった。

じろりと私を横目で睨みつけた女性は、不機嫌そうな声を響かせる。

「なんや。堂本組の出迎えは、事務員の女かい。うちを誰やと思うとるんや」

彼女の恰好や口調がひどく年嵩を思わせるが、年齢は私と同じくらいだろう。ほかの組の姐さんかもしれない。

後ろについていた玲央が「事務員だなんて、何を――」と言いかけたが、私は軽く手を出して彼を押し留める。

女性はまるで喧嘩を売りに来たかのような気配を感じるので、私はできるだけ穏やかに話した。

「私は、堂本貴臣の婚約者の葵衣です。失礼ですけれど、あなたはどちら様でしょうか」

それを聞いて息を呑んだ彼女は、私を頭から爪先まで不躾に眺め回した。

「こんな地味な女が、貴臣さんの許嫁やて⁉ うちの若頭が言うとったわ。クラブで偽の許嫁が、貴臣さんの隣に我が物顔で座っとったやてなぁ。本物の許嫁を差し置いて、泥棒猫がどんだけ図々しいことしとんねや」

「本物の許嫁……？」

昨夜のクラブで話に出た、もうひとりの許嫁の存在を思い出す。それは黒沼組の組長の娘だという。名前は確か……。

「うちは黒沼真由華や。父親は黒沼組の組長やね。生粋の極道の女やから、うちこそが貴臣さんの花嫁に相応しいんよ」

堂々と名乗った真由華は、真紅の唇に弧を描いた。

彼女が、貴臣のもうひとりの許嫁――。

恐れていた輪郭が明瞭な形となって目の前に現れ、私は戦慄した。

けれど、貴臣はあくまでも黒沼組が勝手に主張していることだと私に説明してくれた。自分こそが本物の許嫁だと言う彼女とは、意見が食い違っている。

自信に満ちあふれた真由華には後ろめたさなど微塵もなく、彼女の言い分が正しいのではと錯覚しそうになる。

確かに私は、貴臣の許嫁であっても、子どもを産んだら彼と別れることになるかもしれない。だけど今は、貴臣が褥をともにする女は私だけのはず。

それなのに真由華は今すぐに私の席を譲れと言わんばかりだ。しかも私を偽の許嫁だという。祖父同士が決めた許嫁とはいえ、偽物と断定されるのは見過ごせない。

勇気を奮い立たせた私は毅然と真由華に対応する。

「私は偽物ではないわ。私たちは子どものときから許嫁の約束を交わしているの」

「何を阿呆なこと言うとんねや！　うちと貴臣さんが許嫁なんは、下っ端でもわかっとるわ。そんなことも知らんとは、なんて馬鹿な女なんや。呆れてまうわ」

一方的にひどい言葉をまくし立てる真由華に眉をひそめる。

こちらの言い分も聞いてほしいのに、彼女は威圧的に罵倒するばかりだ。

「さっさと出ていかんかい、この泥棒猫が！」

真由華は勢いよく手を振り上げた。

その瞬間、目の前に玲央が立ちふさがる。

パン、と破裂音が辺りに鳴り響いた。

私の代わりに頬を叩かれた玲央は顔色ひとつ変えず、真由華を見下ろしている。

「れ、玲央！」

「なんや、おまえ。どかんかい！」

激高した真由華は目を吊り上げて威嚇した。対して玲央は冷静に述べる。

「退きません。お嬢さんを叩きたいなら、俺を殺して退かしてください」

「なんやとぉ……」

まるで挑発するような玲央の台詞に、私は息を呑む。

ぎりっと歯噛みした真由華は、懐から細長い桐の棒を取り出した。

――短刀だ。

ためらいもなく私を叩こうとした真由華なら、本当に玲央を刺してしまいかねない。

「や、やめて！」

前へ出ようとする私を、玲央は背中で押し留める。

真由華が刀身を引き抜こうとしたそのとき、背後から伸びた手が彼女の腕を鷲掴みした。

「事務所の前で何を騒いでいる。黒沼組のカチコミか？」

低い声音はまるで冷水のごとく、場に染みる。

現れた貴臣は険しい双眸を向けていた。

はっとした真由華はすぐに短刀を懐に収める。怒りをすっかり消した彼女は、笑みを浮かべて貴臣に向き直った。

「貴臣さん、会いたかったわぁ。カチコミだなんてとんでもない。挨拶の声が、ちょっと大きくなってしもうただけやないの」

甘ったるい猫撫で声を出して、貴臣の腕にしなだれかかる。つい今まで激高していたとは思えないほどの変わり身だ。

冷めた眼差しの貴臣は、腕にしがみついた真由華を無遠慮に振り払った。

「挨拶が終わったなら、さっさと帰れ」

「あん、もう。貴臣さんはいつもそうなんやから。しょうがない人やねえ。うちを事務所に案内してくださる？　黒沼組長からの言付けがあるから、まさか立ったままゆうわけにいかんやろ」

目を眇めた貴臣は、「入れ」と短く告げた。

それまで事態を見守っていた舎弟が素早く代紋の入った事務所のドアを開ける。貴臣の後ろにぴたりとつけた真由華がくぐると、そのあとに続いて入ろうとした薬師神が私たちを促した。

「葵衣さん、どうぞ。あなたにもかかわる話かと思いますので聞いてください。玲央も入りなさい」

「そう……。それなら、同席するわ」

黒沼組から持ち込まれる話がどういったものなのか気になるので、私も事務所に入った。玲央もそのあとに続く。

奥へ向かった貴臣は、主が座るひとりがけのソファに腰を下ろす。

「座れ」

真由華へ向けて無感情に彼が指し示したのは、少し離れた位置にある斜め向かいのソファだった。そこからなら体を寄せることはできない。彼女は、いそいそと着物の袂を翻して着席する。

「お嬢さん、こちらへ」

小声で囁いた玲央は、奥のソファからは離れたところにある長椅子に私を導いた。奥の席は見えているが、長椅子は双方の組の舎弟たちが見張りのように立っている後方に位置している。ここからなら会話には参加できないものの、話の内容は聞ける上に、真由華に暴力を振るわれる心配もないだろう。

ふと見ると、玲央の頬は腫れていた。しかも裂傷がついて血が滲んでいる。真由華の爪が長いので、傷つけられてしまったのだ。

私は小声で話しかけた。

「玲央、ごめんなさい。私を庇ったせいで、顔に傷がついてしまったわ」

「俺は平気です。料理は顔でするものじゃありませんからね」

微笑を見せた玲央だが、端麗な顔についた傷が痛々しい。私の身代わりになったばかりにと思うと、申し訳ない思いが胸に広がった。

奥の席から貴臣の冷淡な声が聞こえたので、そちらに耳を傾ける。

「それで、黒沼組長からの言付けとはなんだ？」

「貴臣さんもわかっとるでしょ。うちと貴臣さんの結納は、いつにするゆう話ですよ」

「何度も言わせるな。俺はおまえと結婚する気はない。それは黒沼組長にも正式に話しているはずだ」

「またそんなこと言って。うちと結婚すれば、黒沼組が全部手に入るんですよ？　西極真連合の会長も、いずれ貴臣さんが就くためには黒沼組の後押しが必要やないの」

ふたりの結婚は、貴臣が連合の会長の座を得るために有利なのだ。

だが、真由華の説得を聞いた貴臣は不快げに眉根を寄せた。

「次期連合会長の座を狙っているのは、黒沼組長だろう。連合から切り捨てられたくなければ俺に娘を押しつけるのはやめろと、帰って父親に伝えておけ」

話は終わりとばかりに貴臣は立ち上がる。

真由華は不満を露わにして、声を荒らげた。

「貴臣さんったら、なんでわかってくれへんの⁉　うちがプレゼントしたものも、全部返してきて。うちがどんなに傷ついたかわかっとる⁉」

通り過ぎようとした貴臣は、ふと真由華の手元に目を向けた。

そこには唇と同じ色に塗られた、真紅のネイルが輝いている。長い爪は凶器のようだ。

「おまえは、俺の婚約者を殴ろうとして堂本組の若衆を傷つけただろう。それについては、何もなしか」

なぜそんなことを言われるのかわけがわからないといったふうに、真由華は目を瞬かせた。

私や堂本組の若衆は格下の立場と思っているので、傷つけても謝罪する必要はないと考えているのだろう。真由華にとっては、自分の心が傷ついたほうがずっと大事なのだ。

まっすぐに立ち上がった彼女は、極道の女らしい威勢を張る。

「貴臣さんの許嫁はうちです。偽物なんて認めへんからね！」

真由華は己の立場をはっきりと主張した。貴臣が訊ねたことには答えていないが、それだけ許嫁は自分であるという思いが強いのだろう。

そんな彼女から目を逸らした貴臣は、黒沼組の舎弟に向けて顎をしゃくる。

「連れて帰れ。――行くぞ、薬師神」

「承知しました」

傍に控えていた薬師神をともない、貴臣は事務所を出ていく。真由華はわめきながらそのあとを追ったが、黒沼組の舎弟に宥められて車へ乗り込んでいた。

嵐が過ぎ去ると、舎弟や若衆たちはそれぞれの持ち場へ戻る。

重い溜息を吐いた私は、ようやく腰を上げた。

「玲央、戻りましょう。怪我の手当てをしないといけないわ」

「では、お言葉に甘えます。お嬢さんも疲れたでしょう。温かいハーブティーを淹れますね」

真由華という許嫁が現れて私が気疲れしたことを見透かされ、居たたまれない気持ちになる。

貴臣は彼女に遠慮のない態度を取っていたけれど、あれは気の置けない仲ゆえだからなのかもしれない。組長の娘という立場であることからも、真由華は幼い頃から貴臣と知り合いなのに違いない。少なくとも、つい最近貴臣と再会した私より、ずっとふたりの付き合いは長いはずだ。

私……どうして貴臣と、もっと早く許嫁として出会えなかったのかしら。

どうして彼が許嫁だと知らずに大人になり、ほかの人と婚約するなんて無駄な回り道をしていたのか。子どもの頃から許嫁として貴臣と接していたなら、ほかの女性がつけいる隙なんてなかったのに。

ふと、そんな後悔を抱いてしまう。

貴臣と初めて会ったときの記憶が脳裏によみがえる。

近所のお兄さんだと思い込んでいたけれど、絆創膏を巻いてあげたときの彼の笑顔は眩しかった。

どうして忘れていたのだろう。大人になってからは忙殺されてしまったけれど、そういえば小学生の終わり頃まで、時々彼のことを思い出しては、公園までの道でまた出会えないだろうかと思っていた。

名前も知らないお兄さんが、なぜか心に引っかかっていたから。

「あのときに名前を聞いていたら、貴臣は教えてくれたのかしら……」

小さな呟きが溶けて消える。

私たちの関係に未来がないから、過去を悔やんでしまうのか。

切ない想いを抱いて、嵐の過ぎ去った事務所を出た。

◆

再び会社に舞い戻った俺は、社長室の重厚な椅子に凭れた。

重い溜息を吐きながら、溜まった決裁書類を確認する。すぐに秘書が入室して、午後からアポが二件入っていることと、会議の予定を伝えてきた。

社長業をこなす傍《かたわ》らで、組の揉め事を処理するのも楽ではない。

普段は舎弟頭に任せているのだが、今回はそういうわけにはいかなかった。

突然、真由華が堂本組の事務所を訪ねるという連絡を黒沼組から受け取り、すぐさま駆けつけて正解だった。

少しでも遅れていたら、流血沙汰になっていただろう。

真由華は身勝手な女なので、自分の思いどおりにならないと激高して手がつけられなくなる。これまでも数々の揉め事を起こしては黒沼組長が火消しに走っていた。居丈高に振る舞ってこそ極道の女だと勘違いをしているようで始末が悪い。

葵衣を庇って矢面に立った玲央には感謝の念が絶えない。もし葵衣があの汚い爪で傷つけられていたら、黒沼組長の指を落とすだけでは済まさなかった。

葵衣と結婚する、と真由華に言って引導を渡そうかとも思ったが、それでは火に油を注ぎかねない。俺がそんなことを明言したら、真由華は必ず葵衣を逆恨みするだろう。葵衣に危害が加えられる事態は避けなくてはならない。余計な火種は撒かないに限る。

しかも問題は結婚についてだけではなかった。

ひとまずは事なきを得たものの、真由華を含めた黒沼組のことはどうにかしなければならない。連合の末端である黒沼組の組長が俺に追従するのはわかるが、次期会長の椅子を狙うのならば、あえて堂本組に媚びなくてもいいはずなのだ。

もしかしたら、俺と結婚したいとわがままを言っている娘の願いを叶えてやろうという親心かもしれない。葵衣と暮らす前からだが、「真由華と結婚する気はない」と黒沼組長には面と向かって伝えているというのに聞く耳を持たなかった。

おそらく娘の結婚により、堂本組と次期連合会長の椅子のふたつを手中に収めようという魂胆なのだろう。

「まったく……わかっていないな。親なら娘を諌めるべきだろう」

黒沼組長の狸面を思い浮かべて呟いた独白を、秘書と入れ替わりに入室した薬師神はしっかりと拾い上げる。

「堂本さん。ここだけの話ですが、真由華さんと結婚するんですよね？」

どこをどのように切り取ればその結論に至るのか、理解に苦しむ。

きつく眉根を寄せた俺は、わざと不機嫌な声を出した。

「薬師神。おまえは耳の調子が悪いのか。そうでなければ、なぜそんな解釈になるのか聞いておこう」

デスクの前に美しい姿勢で佇んだ薬師神は、くいと眼鏡のブリッジを指先で押し上げる。

「葵衣さんとは堂本組の跡取りを出産するまでの関係でありまして、それは彼女も承知しているはずです。堅気である葵衣さんが実家に戻ったあとは、真由華さんを堂本組の姐御として迎えれば、堂本さんは跡取りと黒沼組を手中に収めることができ、損をしません。将来的には異母兄弟が跡目争いをするという可能性もありますが、まだ先のことなので、こちらの問題は置いてよろしいかと存じます」

電卓で弾き出したかのような薬師神の未来予想図には感嘆の息すら零れない。こいつは人間の感情というものを考慮に入れていないらしい。

「完璧な計画だな。まさに絵に描いた餅だ。素晴らしく美味そうだが、決して食べられない」

「ありがとうございます。計画を立てることは大切ですからね」

「おまえもわかっているんだろうが、言っておいてやる。俺は、葵衣と結婚する」

明瞭な宣言に、薬師神は眉ひとつ動かさなかった。俺がそう言うことは想定済みだろう。

だが、こいつは言いたいことは遠慮なく口にする。

「真由華さんは苛烈な女性ですが、堂本さんには従順なのではありませんか？」

「そういう評価の問題じゃない。あの女には虫酸が走る。俺が愛しているのは葵衣だけだ」

葵衣に執着する理由は、ずっと会えなかった許嫁への想いを募らせているということもある。

だが、それだけではない。彼女の清廉な優しさに惹かれているのだ。

葵衣は小学生のときに、怪我をした俺の指に絆創膏を巻いてくれた。あの優しい心のままに成長してくれたことが、なにより嬉しい。

あまりにも愛しくて、若衆と浮気でもしないかと心配したが、まったくの杞憂だった。葵衣は根がまっすぐで男に色目など使わず、許嫁である俺を慕っている。さらに、どんなに下っ端の構成員に対しても偉ぶったり横暴な態度がない。兄弟や友人と変わらない付き合いをしている。

しかし恋情がなくとも、葵衣が若衆たちに思いやりをもって接するほど、俺の嫉妬が燃え上がっているのを彼女は知らないだろう。

無論、葵衣にはそのままでいてほしい。堂本組の者を大切に扱ってくれることは、俺の嫁に求める必須条件といえるのだから。

それればかりか、彼女は俺の身を案じてくれた。外見でも財産でも身分でもなく、俺自身を葵衣は気にかけて心配しているのだ。

胸ポケットの上から、もらったお守りにそっと触れる。まるで葵衣の想いが込められているような気がして、温かかった。

幼い頃から『堂本組の跡取り』『極道の組長』という肩書きを背負ってきた俺を、他人はその名称でしか見なかった。明るく笑い、ふざけたことを言うと、極道らしくないなどと諫められたこともある。組長として、極道らしさも意識して作る必要はあるだろう。

だが葵衣の前では、何も繕わなくていい。どんな俺でも受け入れてくれたのは彼女だけだ。

俺の嫁になる女は、葵衣しかいない。

今は結婚を保留という形にしてはいるが、いずれ正式に堂本家の嫁として迎える。

葵衣は極道の姐御になることを初めは拒否したものの、次第に周囲に馴染んできたようだ。最後に説得するとしたら、子を産んだときだろう。彼女の性格上、子を置いて出ていくのはためらうはずだ。なにしろ俺の肩に深爪を立てて、痛くないかと心配するような女だからな。

気になるのは、葵衣が小さなことを秘密にするところだろうか。

すぐにできる簡単な願いとは何なのか、考えてもまったくわからない。

物ではなく行動だというのは間違いないが、それはいったい……。

そんなふうに転がされるのもまた、楽しいと思える。

葵衣を想い、目元をゆるめる俺に、薬師神は別の図面を提案する。

「堂本さんのお気持ちはわかりました。ですが葵衣さんを選びますと、銀山会と対立したときに黒沼組の応援はいっさい得られないことになります。わたくしの見解ですが、牧島がこのまま大人しくしているとはとても思えません。堂本さんを目の敵にしている彼のことです。黒沼組に接触して、何らかを仕掛けようと画策するかと考えられます」

薬師神の最大の懸念は、銀山会の実質的な権力者である牧島恭介のようだ。

そういえば若頭会の席で、俺に黒沼の娘という許嫁がいるなどと言い出したのは牧島だ。黒沼組が吹聴している単なる噂話なので、もちろん真由華と結納を交わしたわけでもなく、結婚を約束しているわけでもない。

余計な心配をかけさせたくないので、葵衣には説明していなかった。それゆえ俺がもうひとりの許嫁の存在を隠していたかのようになってしまったので、葵衣が衝撃を受けたのは想像に易い。

彼女に説明はしたものの、俺への不信感は拭えていないだろう。

だが誤解というものは説得によるものではなく、行動で解くべきである。

賛同を求められた黒沼組の若頭は無関係を装っていたが、牧島が周辺に火の粉を撒き散らしたいという思惑は透けて見える。放置するわけにはいかない。

葵衣との結婚のためにも、俺が行動を起こすことが必要だと感じた。

「どうやら、牧島に年貢を納めてもらうときがやってきたようだな」

その言葉に呼応するかのように、社長室の扉がノックされる。入室を命じると、とある調査を任せていた幹部が穏やかな表情で入ってきた。

「組のことで失礼いたします。任されておりました調査の報告にまいりました」

彼は堂本組の幹部ではあるが、構成員すらもその存在を知らない男である。主任として会社の業務を任せており、極道の会合などには一度も顔を出させていない。

どこから見ても折り目正しいサラリーマンにしか見えない容貌は稀少だ。

「成果はあったか？」

「はい。充分すぎるほどです。銀山会の牧島恭介が、麻薬の取引を行っている現場の証拠写真を入手しました。こちらになります」

慇懃に差し出された写真には、どこかの路地に停めた車から顔を覗かせている牧島が、売人と思しき男に小包を渡している様子が写されていた。ご丁寧なことに連写したようで、十数枚の写真が時系列とともにデスクに並べられる。

写真を目にした薬師神は眼鏡の奥の双眸を細める。

「牧島が麻薬を扱っているという噂は事実だったのですね」

それは以前から情報を得ていたのだが、牧島はなかなか尻尾を掴ませなかった。

極道のシノギは様々なものがあるが、ヤクを扱うのは御法度である。これが連合会長に知られたら、間違いなく破門だ。つまり牧島は極道の世界にいられなくなる。

幹部は穏やかな口調で報告を続けた。

「こちらの現場は、さる料亭近くの路地裏なのですが、牧島は取引の前に、料亭の個室でとある人物と密会しております」

「黒沼組か？」

「そうです。組長の娘、黒沼真由華でした」

「なんだと……⁉」

取引の前に誰かに会うなら、それは共犯者しかない。

おそらく若頭あたりだろうと予想していたが、まさか真由華だとは思わず、純粋に驚いた。

牧島がヤクのシノギに誰かを巻き込むならば、黒沼組が適任だ。美味いシノギは独り占めしたいものだが、密告されたときに味方がいないと窮地に立たされる。銀山会を裏切れない小さな組織に少々のシノギを分け与えれば、いざというときに庇ってもらえるか、盾にできるというわけである。俺が黒沼組長と真由華を袖にしているので、そこに牧島は目をつけたのかもしれない。

「密会で話された内容は聞いたか？」

「主に分け前の相談ですね。牧島と黒沼真由華は手を組んで麻薬取引を行っています。それから黒沼組長が連合会長の座を望んでいるので、取引を手伝う代わりに銀山会に推薦してもらいたいという注文が真由華からありました」

「なるほど。親父が連合会長になれば、やりたい放題だからな。さすがに牧島の実績と人望では、次期会長には手を挙げられない」

苦笑いを零した俺の顔を、ちらりとうかがった薬師神が疑問を投げかける。

「堂本さんの前で下世話な質問をすることになり恐縮ですが、真由華さんと牧島は男女の関係にあるのですか？」

「答えは、まだないと言えます。男女関係があったら、もっと色のついた会話になると思われますから。ふたりの話し合いはひたすら自分の利益を優先させています。黒沼真由華はほかにもとある人物を襲ってほしいなどの要求を出しましたが、牧島は難色を示していました。こちらが音声を記録したボイスレコーダーになります」

幹部は万年筆そっくりなボイスレコーダーを差し出した。

優秀な部下を持つと助かる。証拠が残されているのなら、牧島の首根を掴んだも同然だ。

ただ、真由華が誰かを襲ってほしいなどと依頼したことが気になった。真由華が邪魔に思っているその相手は葵衣と予想されるからだ。

さっそく薬師神が提出されたボイスレコーダーを再生すると、ふたりの生々しいやり取りが流れてくる。

室内に流れる音声を、俺たちは無言で聞き入った。

私欲だらけのやり取りには反吐が出そうになるが、彼らは録音されているとは知らず、あけすけに語っている。

満足した俺はボイスレコーダーを止めさせる。薬師神は感心して、柔和な表情を浮かべている幹部を見やった。

「よく録音できましたね。個室ですし、側近が見張っていたでしょう。怪しまれなかったのですか?」

「事前に仕込んでいましたので。密会中は、私はカウンターで飲んでいました。水ですが。料亭の女将とは懇意にしております」

「なるほど。隠しカメラがあるかどうかは調べるとしても、サイドテーブルに料亭が用意したメモ帳と万年筆は、あっても目に留まりにくいでしょうね」

「そういうことです。ちなみにですが、この万年筆型のボイスレコーダーは実際に万年筆としても使えます。ちょっと手に取っても、音声録音できるとはわからないくらいですよ。近頃のボイスレコーダーは優秀です」

疑い深い薬師神は、部下が音声を偽装したのかもしれないと勘繰って、質問したのだろう。

だが録音された音声は間違いなく、牧島と真由華のものだ。あのふたりとは腐れ縁だから、悪巧みをするときの声も知っている。

「ご苦労だった。素晴らしい収穫だ」

「ありがとうございます。社長」

地味なネクタイをつけた部下は、きっちりと礼をした。

さすがは、俺が見込んだ男だ。報酬を約束して部下を下がらせる。

「さて、これをどう料理するか……」

俺は万年筆型のボイスレコーダーを手にして、今後の絵図を思い描いた。

六章　懐妊、そして求婚

総合病院の玄関から出た私は複雑な思いを押し隠して、車寄せへ向かった。

停車している車から降りた咲夜は後部座席のドアを開け、心配げな顔を向けてくる。

「お嬢さん、お加減はいかがですか」

「あ……本当に大丈夫なのよ。ただの心労みたい。安静にしていれば治るんですって」

ほっとした笑みを浮かべる咲夜に、嘘をついたことへの後ろめたさが胸を衝く。

体調不良と言って病院へ送ってきてもらったが、付き添いは断ったので、咲夜は私が内科へは向かわなかったことを知らない。

産婦人科へ赴いた私は、医師から妊娠二か月の診断を下された。

一向に月経がやってこないのでまさかとは思ったけれど、妊娠していたのだった。

エコーに映る小さな我が子を見たときは、涙が出そうになった。

それはお腹に宿る命への感動もある。妊娠して、子どもができて嬉しい。そう思う反面、困惑もあった。

堂本家へ戻る道すがら、車窓から望む景色をぼんやりと眺める。

「ねえ……咲夜が離れの係に復帰してから、一か月くらい経つわよね」

「そうですね。自分の謹慎の最終日に、黒沼組のことがありましたね。玲央さんの頬の傷は、すっかり治りましたよ」

クラブで元婚約者と再会したことや、もうひとりの許嫁が事務所にやってきたことなどが、遥か遠い昔のように感じる。あれから、ぴたりと騒動はなくなり、平穏な日々を送っていたから。

妊娠週数は最後の月経の始まりを妊娠一日目として数えるという。

振り返ってみると、妊娠したのはおそらくクラブから帰宅して、一晩中貴臣に抱かれたあのときだろうと思われる。

赤ちゃんが宿ったのは、もちろんよいことだ。

跡取りができたのだから、貴臣もきっと喜んでくれるだろう。

けれど契約としては、私が出産したら貴臣とは別れることになる。つまり、あと八か月後には赤ちゃんが生まれるので、そのとき私は貴臣の婚約者ではなくなるのだ。

どうしよう……貴臣に、なんて言ったらいいのかしら……。

貴臣と、別れたくない。

彼とずっと一緒にいたい。

でもそんなことは今さら言えなかった。

妊娠したことを、すぐに報告する勇気が持てない。

今はまだ、黙っていようか。

だけど私が迷っている間にも、お腹の中の赤ちゃんは育っていくのだから、つわりが起こったり、お腹が膨らんだりして、貴臣は妊娠に気づくだろう。いつまでも黙っているわけにはいかない。

いずれ妊娠は報告しなければならないだろうけれど、それとともに彼への想いが溢れ出してしまいそうで怖くなる。

私はバッグを開けて、手帳の下にしまい込んだ写真をそっと眺めた。

医師からもらったエコー写真には、とても小さな赤ちゃんが写っている。それを嬉々として貴臣に見せられないのが悲しかった。

出産しても、あなたと一緒にいたい……と、口を衝いて出てしまったらどうしよう。

きっと貴臣は驚くだろう。契約違反だと罵られ、冷たく突き放されるかもしれない。

彼に拒まれたら、私はいったいどうしたらいいのかわからない。

思い悩んでいると、車は堂本家へ到着してしまった。

すると咲夜が素早く運転席を降りて、玄関にいた人物に頭を下げる。

「ただいま戻りました、組長」

「……えっ⁉」

その言葉に驚いて振り仰ぐと、玄関で待ち構えている貴臣が目に飛び込む。

今の時間は会社に行っていると思ったのに。

まさか、こっそり産婦人科を受診したことを知られてしまったのだろうか。

緊張に身を強張らせていると、笑みを浮かべた貴臣は自らが開けたドアからてのひらを差し出した。

「待っていたぞ、葵衣。おまえにとびきりのプレゼントがある」

「え……また？　何もいらないと言ったじゃないの」

「そう言うな。これは、俺のためでもあるんだからな」

「……どういうことかしら」

貴臣のためになる、とびきりのプレゼントとは、赤ちゃんでは……と思ったが、それは私から貴臣へ贈るべきものだ。

妊娠したことを、言おうかどうしようか迷う。

私の手を取った貴臣は、ふと顔を覗き込んできた。

「体調が悪いらしいな。医者はなんと言っていた？」

「あ、あの……」

私たちの後ろに咲夜がついているので、実は妊娠していたとは、今は言えなかった。

私は咲夜に言ったのと同じことを口にする。

「なんでもなかったの。ただの心労みたい」

「そうか。近頃気分が優れないようだから心配したが、顔色はよさそうだ。プレゼントを見たら、きっと鬱々とした気分も吹き飛ぶぞ」

優しい笑みを向けられ、私は微苦笑を浮かべて頷く。

貴臣は私の体調がよくないのを見て、元気づけようとしてくれるのだ。

彼の心遣いに感謝するとともに、嘘をついたことへの罪悪感が胸によぎる。

けれど、どういったタイミングで真実を打ち明ければよいのかわからず、ひとまず口を噤んだ。

彼は私の手を取り、離れへと導いた。咲夜は離れに入る玄関で立ち止まり、礼をして私たちを見送る。

階段を下りてリビングの扉を開けると、眩い陽の光が射し込む。

ややあって目が慣れたとき、そこに鎮座する漆黒のグランドピアノに息を呑んだ。

「どうして、ピアノが？　出かけるときはなかったのに」

艶めくピアノは陽の光を撥ねさせている。ソファの隣のスペースがこれまで空いていたけれど、グランドピアノはまるでずっとそこにあったかのように泰然としていた。

貴臣は握りしめた私の指先にくちづけを落とす。

「ピアノを弾くから爪を短く切っているんだろう？　ぜひとも、お嬢のピアノの音色を聴きたいと思ってな」

それは赤ちゃんができたと思しき夜の、貴臣との会話だった。お守りを渡したときのことだ。そんな些細な話を覚えていてくれたなんて。

「だからピアノを用意してくれたの……？　私は人に聴かせられるほど、上手なわけじゃないのよ。発表会では緊張して、音を間違えていたわ」

「かまわない。間違えろ。俺は卓越した演奏を聴きたいわけじゃない。お嬢が俺のためだけに弾いてくれるピアノが聴きたいんだ」

熱の籠もった双眸を向けてくる貴臣は、捕らえた私の指先をもどかしげにさする。

彼がそう言ってくれるのならば、期待に応えたかった。

「そう……それじゃあ、少しだけ弾いてみようかしら」

「ぜひ頼む。俺はクラシックについてはまったくの素人だから、気負わなくていい」

ピアノに導いてくれた貴臣は私が着席すると、背後にあるソファに腰を下ろした。

どきどきと胸を弾ませつつ、鍵盤蓋を開ける。

脳裏に楽譜を呼び起こして、白鍵盤に両手の指を置いた。

メゾピアノから奏でられる『愛の夢』は、流れる水のような旋律を紡ぎ出す。

たとえ時が経っても、体に刻み込まれたものは消えない。鍵盤に触れるだけで、指先は軽やかに愛の調べを辿った。

貴臣がひそめている呼気まで感じ取れるようで、ピアノの音色とともに身を浸す。

室内に満ちる優しい音色が、心に深く染み込んでいった。

やがて最後のアルペジオを奏で、そっと鍵盤から手を離す。

ほう、とひとつ息をついて振り向くと、貴臣は聞き入るように目を閉じていた。

「……葵衣。話がある」

そう呟いて目を開けた彼は、懐に手を差し入れながら立ち上がる。

改まった貴臣の様子に、どきりと心臓が跳ねた。

「な、何かしら」

私のほうからも大切な話をしなくてはならないのだけれど。

赤ちゃんのエコー写真を入れたバッグは、通りかかったときにソファに置いていた。

無意識にそちらに目が行きそうになり、うつむく。

こちらに歩み寄ってきた貴臣は、椅子に座る私の前に片膝を突く。

「……貴臣？」

極道の組長という人の上に立つ身分であり、いつも威厳に満ちている彼が、まるで騎士のように私に傅くなんて。

驚いていると、懐から出した小箱が私の前に差し出される。

上品なブルーのそれは、あるものを入れておく箱ではないだろうか。

これまでの嫌な思い出がよみがえりそうになり、胸中が不穏にざわめく。

けれど、貴臣の真摯な双眸にまっすぐに貫かれて、ふいに心は鎮まった。

「結婚しよう」

深くて低い声音で告げられる。

目を瞬かせた私は、何度もその台詞を耳の奥で反芻した。

その言葉をもらえるなんて、信じられなかった。

だって私たちは、跡取りを残すためだけの、かりそめの関係だったはずで……。

小箱の蓋が開けられる。そこにはダイヤモンドを冠した指輪が光り輝いていた。

大粒のラウンドブリリアントカットのダイヤモンドの周りを、小粒のパヴェダイヤモンドが取り囲んでいるという、とても華やかな代物だ。

特注品だと思われる指輪は、これひとつで家が買えるくらいの値段だろう。

「これ……もしかして、婚約指輪なの……？」

「そうだ。物はいらないという、おまえの思いは知っている。だが、この婚約指輪だけはどうしても受け取ってほしい」

台座から指輪を外した貴臣は、ダイヤモンドのリングを私の左手の薬指にはめる。

そうしてから、指輪の輝く私の手を、彼は両手で包み込んだ。

「俺の花嫁になる女は、おまえだけだ。ずっと俺の傍にいてくれ。生涯をかけて、おまえを守り通す」

彼の想いが、じんと胸の奥底まで浸透する。

婚約破棄された私には、もう幸せなんて訪れないものだと諦めていた。極道の貴臣と結婚して組の姐御になるだなんて、初めは想像もできなかった。

だけど、私は貴臣と幸せになれる。彼は私との未来を望んでくれるのだ。

思い描く幸福がすぐそこにあることを、貴臣はすべてを包み込むような優しさで教えてくれた。

彼は婚約指輪をなぞりながら、まっすぐに私の目を見つめる。

「葵衣は極道は嫌だと言っていた。だが、うちの組員たちはおまえを慕っている。おまえも、みなに馴染んでいる。この指輪は中央のダイヤが葵衣で、外側の小粒のダイヤはうちのやつらだと思ってくれ。おまえはひとりじゃない。堂本組が全力で守る。もちろん俺もいる。頼む、堂本組の姐御になってくれ」

「私が姐御で、いいの……？」

「当たり前だ。極道の姐御としての剛胆さを、おまえは持ち合わせている」

私の眦から感激の涙がひとしずく零れ落ちる。

「契約を、変えてもいいの？　私は子どもを産んだら、あなたのもとを去らないといけない約束だったでしょう？」

「そういうことだったな。だがそれは、葵衣の意向を一旦汲んだという形にしただけだ。俺は初めからおまえを逃がさないつもりだった。惚れた女を手放すわけがないだろう」

彼の考えを聞いた私の肩から力が抜ける。

胸を安堵が占めて、ほうと息が漏れた。

貴臣と別れなくてもいい。

私はずっと彼と一緒にいられる。

だって貴臣は、こんなにも私を愛してくれていたのだから。

ダイヤモンドの指輪ごと私の手を握りしめた彼の熱い体温が伝わる。

まっすぐに、貴臣の双眸を見つめ返した。

「……私、貴臣のことが好き。あなたの、お嫁さんになりたい」

正直な想いが唇から零れ落ちる。

極上の笑みを浮かべた貴臣は、私の体をきつく抱きしめた。

「俺もだ。好きだ。何も心配はいらない。俺を信じてついてきてくれ」

彼の背に腕を回して、抱きしめ返す。

好きと言えてよかった。貴臣にプロポーズしてもらえたことは、私の人生で最高の幸福だ。

腕の力をゆるめた貴臣は、愛しさを帯びた双眸で私を見つめる。

「婚約披露パーティーを開こう。俺の花嫁になるのは誰なのかを、広く知らせないとな。そうすれば、くだらない噂は消えるだろう」

「パーティーを開いてくれるの？　嬉しい……」

許嫁がふたりいるという曖昧な状態に決着をつけてくれるのだ。貴臣の心遣いが嬉しかった。

けれど婚約披露パーティーを開くということは、私が堂本組の姐御になると、組の内外に認知される。

堅気の私に、姐御が務まるのかしら……。

貴臣のことは愛しているが、堅気の私が姐御になることをほかの組は認めるのだろうか。それに妊娠のこともあった。報告しなければと思うのに、様々なことが一度に決まったので、私の心は整理が追いつかない。

「さっそく、連合会長に知らせよう。ほかの組にも通達を出す。パーティーは広い会場を貸し切って盛大にやるぞ」

嬉しそうな貴臣に不安を吐露して、水を差すようなことをしてはいけない。

婚約披露パーティーのときまでには、堂本組の姐御としてやっていくという決意を固めよう。だけど妊娠は、プロポーズされた今、打ち明けたい。

「あの、貴臣……」

言いかけたそのとき、リビングの扉をノックする音が響いた。

眉根を寄せた貴臣は、「入れ」と低い声をかける。

怜悧な表情を浮かべて入室した薬師神が、廊下へ向けて慇懃に手をかざす。

「堂本さん、少々こちらへ。よくないお話があります。それとも葵衣さんを退出させますか？」

「俺が出よう」

立ち上がった貴臣は廊下へ出た。薬師神もそれに続き、扉を閉める。

廊下でふたりが話している低い声が聞こえたが、内容まではわからなかった。

何だろう。不測の事態が起こったのだろうか。

心配していると、すぐに貴臣は顔を出した。彼は大きな手で私の髪を撫でると、安心させるような笑みを向ける。

「うちのシマでトラブルがあったらしい。ちょっとした諍いだ。出かけるが、すぐに戻ってくるから、おまえはゆっくり休んでいろ」

「わかったわ」

急用ができてしまったようだ。貴臣は仕事なのだし、妊娠の報告は彼が帰ってきてからでよいだろう。

私は婚約指輪をつけた手で、髪を撫でる貴臣の手にそっと触れた。

やがて離れていく熱が、なぜか名残惜しくて、胸が焦げるような思いがする。

ソファから立ち上がった私は、去っていく貴臣の背に声をかけた。

「早く……ううん、無事に帰ってきてね」

どうしてそんなことを言ったのか、自分でもよくわからない。

貴臣はこちらに向けて軽く手を上げると、薬師神をともなって階段を上っていく。

廊下に佇んだ私は、いなくなった彼の背を、いつまでも目に焼きつけていた。


不吉な一報が入ったのは、貴臣にプロポーズされたその日の夜だった。

すぐに帰ってくると言ったのに、貴臣は日が暮れても戻らなかったので、私は事務所で舎弟たちと話していた。もちろん咲夜も隣についている。

電話の前で待機している舎弟は、厳めしい顔をして腕組みをしていた。

「連絡が来ませんね。若頭がついているから心配ないでしょうが、そろそろ電話があってもいいはずなんですけどね」

「そう……。とにかく待ちましょう」

トラブル処理が長引いているのだろうか。それにしても連絡すらないのは珍しいことなので、何かあったのでは……という不穏な空気が事務所に漂っていた。

だけど、私が心配を露わにしては、みんなの不安を増幅してしまいかねない。

胸に不安を押し込めた私は、革張りのソファで悠然とした態度を装う。

そのとき、代紋のついたドアがガチャリと音を立てる。

はっとしてそちらに顔を向けると、青ざめた若衆が慌ただしく駆け込んできた。

「たっ、大変です！　組長が何者かに撃たれて重傷を負いました！」

その言葉が鋭い刃のごとく私の胸を突き刺し、じわりと血が滲む感覚に襲われた。

くらりと目眩を起こして、額に手を当てる。

息を呑んだ構成員たちは一斉に立ち上がった。

「それは確かなのか⁉　誰だ、やったのは！」

「バカヤロウ！　お嬢さんの前でわめくな。組長は今、どこにいるんだ」

ベテランの舎弟たちが狼狽する若衆を宥めようとしてか、声を張り上げる。

しかしそれは逆効果のようで、舎弟自身が動揺していることが伝わってしまい、居合わせた者たちは視線をさまよわせた。

襲撃を伝えに来た若衆は詳しい事情をわかっておらず、説明が要領を得ていない。

かろうじて貴臣が総合病院に運ばれたということだけは把握できた。

傍についていた咲夜に、気遣わしげに訊ねられる。

「お嬢さん、顔色が悪いです。あちらで休みましょうか？」

「いいえ。病院に行くわ。車を出してちょうだい」

すっと立ち上がり、明瞭に発する。

堂本組が浮き足立つようなことになってはいけない。貴臣の容態は心配だけれど、今はみんなを動揺させないよう、私が気丈に振る舞わなくてはならないのだ。

私は、堂本組の姐御になるのだから。

その覚悟を持たなければならない。貴臣が不在の今は、彼に代わり、組をまとめるのだ。

――だからもう私は、人前でうろたえたり、泣いたりしないわ。

凛として表情を引きしめる私を見た堂本組の面々は、それまで騒いでいた口を閉じた。

「私が詳細を確認してくるわ。みなさんは待機していて。決して噂や憶測で行動を起こしてはだめよ」

「承知しました、姐さん！」

堂本組の面々は一様に頭を下げる。

彼らは私を「姐さん」と呼んだ。私が組の姐御だと認めてくれたのだ。

前を向いた私は舎弟たちに見送られる中、咲夜をともない事務所を出た。

病院へ向かう車中で、私の胸は早鐘のように鳴り響いていた。

貴臣は無事だろうか。重傷ということだけれど、どれほどの大怪我なのか。どうか、命だけは助かりますように……。

体の震えを必死に抑えながら、祈るように両手を合わせる。

ややあって病院に到着したので、呼吸を整えて車から降りた。たとえ何を見聞きしても、動揺して泣きわめいたりしないと心に誓う。

緊張しつつ窓口で訊ねると、貴臣はすでに病室に入っているとのことだった。

咲夜とともにエレベーターに乗り込み、スタッフから教えてもらった病室へ向かう。

「ここね……」

無機質な扉の前に立った私は、勇気を出してノックした。

すると室内から、「入れ」という貴臣の声が聞こえて、目を瞬かせる。彼の声音はいつもとまるで変わらなかった。

思わず振り向いて咲夜を見る。不思議そうに瞬きをした咲夜だったが、彼はすぐに個室の扉の取っ手に手をかけた。

ゆっくりとスライドした扉から、おそるおそる個室に入る。

すると、不機嫌そうな顔をした貴臣がベッドにいた。仰臥してはおらず、枕に凭れて半身を起こしている。重傷のはずなのに呼吸器はおろか点滴すらしていない。

こちらに目を向けた彼は、ぱっと表情を輝かせる。

「葵衣、来てくれたのか」

もしかしたら想像したほどの大怪我ではないのかもしれなかった。

ベッドに近づいた私は貴臣の手を握った。それが温かいことを知って、ほっと肩の力を抜く。

「貴臣……無事だったのね。何者かに撃たれて重傷だと聞いたけれど、怪我はどの程度なの？」

「撃たれたのは確かだが、どこにも怪我はないぞ」

眉をひそめた貴臣は、傍らに控えていた薬師神を見やる。

眼鏡のブリッジを押し上げた薬師神は、平然として述べた。

「重傷と伝えたのは、わたくしです。堂本さんが車から降りるところを襲撃した犯人は捕まっていません。ただ、どこかの組に雇われた人間であることは察しています。こちらで内々に調べるため時間が必要ですので、犯人を油断させるためにも堂本さんは重傷ということにして、しばらく入院していただきましょう」

事情を聞いた私は深く息を吐いた。

貴臣に怪我はなかったのだ。犯人を捕まえるために、薬師神が描いた計画だった。

それを知られないためにも、組に連絡するのを控えたのだろう。
安心して体から力が抜ける。
「そうだったのね……。貴臣が無事で本当によかったわ」
「俺が無傷だったのも、葵衣のおかげだ。あれが身代わりになってくれたんだから
な」
「え……？」
サイドテーブルに置かれている小さなトレイを、貴臣は指し示す。
そこには、私が贈った青のお守りが破れた状態で置いてあった。こっそりと封入し
ていた中身も取り出されている。
「やたら重いと思ったら、鉄板入りとはな。胸ポケットにお守りを入れていなければ、
俺の心臓が撃ち抜かれていたところだ」
厨房でもらった鉄製の小皿は、弾を受けてひしゃげていた。
危険から守ってもらえるようにという願いを込めて、鉄の皿を封入したのだけれど、
まさか本当に銃弾を受け止めるとは思わなかった。
なんという奇跡だろうと、驚きを隠せない。
「……お守りの効果があったのね。こうなることを予想して鉄板を入れたわけではな

かったけれど、貴臣の命を守ることができてよかったわ」

「それについてはよかったんだがな。入院は不服だ。ここにいたら葵衣に会えないだろう」

「毎日お見舞いに来るから寂しくないわよ。堂本組のみんなには、命に別状はないから心配しないようにと言っておくわね」

優しく言い聞かせると、貴臣は微苦笑を浮かべつつも頷いた。

妊娠したことを話そうかという思いがよぎったけれど、今は私の胸に秘めておいたほうがよいだろう。跡取りがもうできていることが狙撃犯に漏れたら、刺激する可能性がある。それに妊娠がわかればいろんな手配が一気に始まるだろう。これだけ事態がごたついている中で、そういったことを始めてもらうのは悪い。

彼の手を握りしめながら、私は微笑みかけた。

「ゆっくり休んでね。着替えを持ってくるから、あとでまた来るわ」

「着替えなんか、明日でいい。葵衣こそ疲れただろうから、帰って休め」

貴臣は私が妊娠したことを知らないのに、私の体を気遣ってくれる。彼は危険な目に遭って、命を失うかもしれなかった。それなのに貴臣には余裕が溢れている。

貴臣と、彼が大切にしている組を守り抜こうという思いが、胸に込み上げた。

「わかったわ。堂本組のことは任せてちょうだい」

「頼んだぞ。……心配かけたな」

「いいのよ」

愛しげに細められた貴臣の双眸が絡みつく。その目には生命の輝きが宿っていた。

貴臣の容態に心配はなさそうなので、名残惜しいけれど手を離す。

私は傍についている薬師神にあとを任せた。

「それじゃあ、私は屋敷に戻るわ。貴臣をよろしくね」

「承知しました」

礼をする薬師神を残して、私と咲夜は病室を辞した。

ひとまず貴臣が無事だと確認できてよかった。彼の着替えを用意する傍ら、堂本組のみんなに報告してあげよう。

安堵の息をついた私は廊下を歩きながら、背後に付き従う咲夜に声をかける。

「お守りのおかげだわ。ありがとう、咲夜」

「自分は、何も。あれはお嬢さんのアイデアですから」

病院を出ると、夜空には星が瞬いていた。咲夜の運転する車に乗り込み、私は帰途についた。

翌日、早々に支度を済ませた私は、バッグを抱えた。中には貴臣の着替えや洗面用具など、身の回りのものが入っている。

咲夜は「お持ちします」と言って、私のバッグを持った。

昨日は大変なことになったけれど、貴臣が無事でよかった。薬師神は帰ってこなかったので、病院に泊まって付き添っているだろうから心配はない。

屋敷の前に車をまわしてもらうと、舎弟たちが見送りに立っていた。

「いってらっしゃいませ、姐さん！」

「貴臣のお見舞いに行ってくるわ。みなさん、留守をよろしくね」

昨夜、事務所で待っていたみんなに「心配はないわ」と伝えると、一様に安堵の笑みを浮かべてくれた。貴臣を襲撃した犯人はまだ捕まっていないので緊張はあるものの、ひとまず堂本組は落ち着いていた。

ところが車を出そうというときになり、ひとりの若衆が慌てて走り込んでくる。

「失礼します。姐さんの耳に入れておきたいことが――」

「どうしたの？」

私は車のウインドウを下げた。若衆は腰を屈め、車越しに私を見上げる。

「組長が、別の病院に転院したそうで、そこを黒沼組が嗅ぎつけたようです。黒沼組を張り込んでいる若衆から連絡がありました」

「なんですって？　急に転院するなんて、どうしたのかしら」

「安全のためかもしれませんが……詳しいことはわかりません」

私は小首を傾げた。

襲撃犯から身を隠すために、急遽転院することになったのだろうか。

貴臣が無傷であることは内密なので、情報が漏れるのを恐れた薬師神は私たちに知らせなかったのかもしれない。

「転院先の病院はどこなの？」

若衆が告げた病院名を聞いた私は、瞬きをひとつする。

そこは私が産婦人科を受診した病院だった。ここからさほど遠くない病院なので、転院は充分にありえるだろう。

表情を曇らせた咲夜は、ギアを入れる手を止めている。

「どうしましょうか、お嬢さん」

「転院先の病院に向かってちょうだい」

「しかし……黒沼組が組長の居場所を知ったとなると、鉢合わせする可能性もあります」

「だったらなおさら、貴臣を守らないといけないわ。行きましょう」

襲撃した犯人が黒沼組ということも考えられる。

そうなると貴臣の安全を一刻も早く確保しなければならない。

ギアを入れた咲夜は「承知しました」と言って、車を出した。


私と咲夜は、病院に到着した。

ロビーに入り、受付のあるフロアを見回したが、どこにも黒沼組らしき者の姿はない。腰の曲がったお年寄りや、赤ちゃんを連れた女性など、明らかに堅気の人ばかりだ。

ひとまず安堵した私は受付に向かうが、ふと足を止める。

貴臣の容態は秘密なのだ。彼の本名を伝えて病室を訊ねたら、そこから私が見舞いに来たこと、貴臣が無事であることなどが、漏れてしまわないだろうか。

万全を期すためにも、受付を通すべきではないだろう。

後ろについてさりげなく周囲をうかがっている咲夜に、私は小声で話しかけた。

「病室を探しましょう。なるべく人に見られないように、階段を使うわ」

「そうですね。おそらく特別室じゃないでしょうか。こちらです」

咲夜も警戒しているためか『組長』などと言わない。彼に案内してもらい、フロアの端にある階段へ向かう。

体調は何ともないが、お腹に負担をかけないよう、ゆっくり階段を上る。

私の後ろにぴたりとつけている咲夜は、追い越すことはしない。

「……運動不足のせいか、上るのに時間がかかるわ。咲夜は先に行っていていいわよ」

「とんでもないです。ごゆっくりどうぞ」

手すりを掴み、もう片方の手をお腹に当てる。

はっとした私はお腹から手を離した。

まだ誰にも妊娠したことは伝えていないのだ。咲夜なら気づいていても黙っていそうだけれど、彼にも嘘を言っている後ろめたさがあった。

ようやく二階に辿り着き、ひと息つく。

「安心してください。特別室はすぐそこです」

「咲夜は詳しいのね。この病院にはよく来るの？」

「はい。怪我をした幹部が入院したときに……」

ふと、咲夜は言葉を切った。

わめきたてる女性の声が、耳に届いたからだ。

聞き覚えのある声の主は階段下にいるようで、次第にこちらへと近づいてくる。

「あいつは何をやっとんのや！　貴臣さんを襲撃してどないすんねん。うちが殺してほしい言うたのは葵衣とかいう女のほうやぞ」

「お嬢様、落ち着いてください。牧島に任せたんですから、文句は言えませんよ。今回は切り捨てられる下っ端を雇ってやらせたわけですし、手違いということもありえますので……」

階段を上がってきたふたりの人物は、私たちに出くわして足を止めた。

黒沼組の若頭は、あっと声を上げて視線を逸らす。

彼にお嬢様と呼ばれていた真由華は怯みもせず、ぎろりと私を睨みつけた。

「なんや……盗み聞きとは、ええ度胸やないか」

「盗み聞きしたわけではないわ。あなたが大声で話していたのよ、真由華さん。誰かに聞いてほしかったのではなくて？」

彼女が話していた内容は聞き捨てならない。手違いがあったようだが、襲撃を命じたのは真由華なのだ。しかも彼女は、私を標的にするつもりだったという。

ぜひとも詳しい話を聞かなければならない。

私は睨みつけてくる真由華から視線を逸らさず、対峙した。

舌打ちした真由華は蝿を払うように手を振る。

「おまえら、外しいや。女同士で話さなあかん」

彼女は私とふたりきりで話したいようだ。

黒沼組の若頭は一礼すると、踵を返した。だが咲夜は戸惑いを見せる。

「しかし、お嬢さんをひとりにするわけには……」

「平気よ。私も真由華さんとふたりきりで、お話がしたいわ」

きっぱり言い切ると、咲夜は口を噤んで頭を下げた。彼の姿が廊下の向こうへ消えるのを確認して、真由華に視線を戻す。

彼女は面白くなさそうに、ふて腐れた顔をしている。

「真由華さんは、貴臣のお見舞いに来てくれたの？　それとも、どのような手違いが起こったのか、確かめに来たのかしら？」

「……証拠でもあんのかい。うちはなんも知らん。おまえの耳がおかしいだけやろが」

どうやら、私の聞き間違いであったと彼女は主張したいようだ。けれど漏らされた情報は咲夜も耳にしている。

「あなたは銀山会の牧島に私への襲撃を依頼したけれど、手違いで貴臣が襲われたということでいいのかしら。貴臣の身が危険にさらされた以上、この件を空耳だとして流すわけにはいかないわ」

目を見開いた真由華は、突然私の胸ぐらを掴み上げた。

「きゃ……っ、何をするの⁉」

「死にや、死にや！　おまえなんか、なんで現れたんや、いなくなり！」

掴みかかる真由華の手を外そうとして揉み合いになる。

階段上で揺さぶられ、ぐらりと体勢を崩した。

両手で突き飛ばされ、息を呑む。

階段の上で笑みを浮かべる真由華の顔を目に映しながら、私の脳裏をよぎったのは、お腹の赤ちゃんのことだった。

「……う、くぅ……っ」

お腹を抱えながら階段を踏み外し、足をくじく。ぐらりと体が傾げる間際、咄嗟に伸びてきた腕に庇われる。

「葵衣、怪我はないか⁉」

「え……貴臣……？」

強靭な腕の中に、私の体はしっかりと抱えられていた。病院着の貴臣は髪を乱し、必死な形相を見せている。

「どうして……？」

「咲夜が知らせに来た。危ないところだったな」

貴臣に抱きかかえられて、踊り場に移動する。

ずきりとした痛みが足首に走ったけれど、お腹は打っていなかった。

見上げると、真由華の姿はすでになかった。貴臣が現れたのを見たのかはわからないが、彼女は逃げたようだ。

すぐに咲夜が踊り場に走り込んでくる。

「お嬢さん、ご無事ですか⁉」

「平気……とはいかないみたい。足をくじいたわ」

貴臣が私を座らせて、そうっと足に触れた。彼は咲夜に指示を出す。

「骨折はしてないようだな。葵衣を家に連れて帰れ。主治医に診せるんだ」

「承知しました。自分がお嬢さんから目を離したせいでこんなことになってしまい、申し訳ありません」

深く頭を下げる咲夜に、貴臣は軽く手を振る。

「それより早くここを出ろ。転院したが、黒沼組に居所がバレた」

「組長の襲撃も、黒沼真由華が首謀者なんですね」

珍しく怒気を漲らせた咲夜に、涼しい声がかけられる。

「それについては調査中ですので、他言無用に願います。葵衣さんもです。よろしいですね」

悠々と現れた薬師神は、眼鏡の奥にある怜悧な眼差しをこちらに向ける。

呆れた溜息をついた貴臣は薬師神に厳しい声音を出した。

「おまえが急に転院させるから黒沼組にバレた上、葵衣に怪我をさせるはめになったんだろうが。さっさと黒沼組の若頭と真由華を捕まえてこい」

「彼らは泳がせておきましょう。転院したのは牧島たちの動きを見るためという意図もありましたので、すべては想定の範囲内ですから、問題ございません。とりあえず堂本さんはまた別の病院へ転院してください。一応は重傷ですからね」

「おまえな……退院したら覚えておけよ」

「わたくしは細かいことでも忘れません。——葵衣さん、それに咲夜、あなたがたに折り入ってお話があります。転院を済ませて見張りの舎弟を呼んだらわたくしも帰りますから、先に屋敷に戻っていてください」

聡明な薬師神はすでに事の全容を掴んでいるのだと思われた。

黒沼組だけを問い詰めても、事件は解明できないかもしれない。牧島もこの件にかかわっているのである。

今は貴臣に安全な病院に移ってもらい、私も怪我の治療をするのが先だ。

「そうね。黒沼組が来ないうちに戻るわ」

立ち上がると、痛みに呻き声が上がりそうになったが、懸命にこらえる。

貴臣は私を支えたが、その手を咲夜に引き渡した。

「俺も事態が落ち着いたら必ず戻る。——咲夜、葵衣を頼んだぞ」

「承知しました。命に替えてもお嬢さんをお守りします」

咲夜に手を貸してもらい、足を引きずって階段を下りる。

ところがそれを見た貴臣が眉を寄せた。

「きゃ……？」

ふわりと体が宙に浮き、横抱きにされる。

貴臣は私を抱きかかえたまま、階段を下りた。

「お、下ろしてちょうだい。歩けるわ」

「黙って俺の腕の中にいろ。おまえを守りきれなかったことに、俺は自分に腹が立って仕方ないんだ」

険しい顔つきの貴臣を目にした私は、黙って彼の剛健な肩に腕を回す。

後ろについている薬師神が小さな溜息をついて、「玄関まででお願いしますね」と零した。


堂本家に帰り着くと、すぐに主治医が呼ばれた。私の怪我は足首の捻挫で、全治一週間とのことだった。思ったより軽い怪我で済んだことに、ほっとする。

それから、お腹に痛みが訪れないことに胸を撫で下ろした。階段を踏み外したくらいなので、赤ちゃんは無事だ。

母屋のリビングにハーブティーを運んできた玲央は、咲夜から事の次第を聞いて眉を寄せた。

「あの女狐め、許せねえな。お嬢さんを階段から突き落とすなんて極刑だろ」

「玲央さん。お嬢さんの前ですから、口調に気をつけてくださいよ」

「余裕ぶってんじゃねえよ、咲夜。お嬢さんを守らなかったおまえが悪い」

「それについては大変申し訳ありませんでした。自分の責任です」

玲央に叱られた咲夜はソファに座っている私の傍に跪き、頭を下げる。私は慌てて咲夜の代わりに弁明した。

「咲夜は貴臣を呼んでくれたわ。あなたが機転を利かせなかったら、貴臣は間に合わなかった。私は頭を打って大怪我していたかもしれないのよ」

「黒沼真由華はお嬢さんを傷つけるつもりだと、わかりきっていましたから。真由華が漏らしていたことが事実だとしたら、黒沼組は完全に敵です」

「そうなるわね。しかも、牧島が襲撃事件にかかわっていると、真由華は言っていたわね」

私たちの話を聞いていた玲央は、流麗な眉をひそめる。

「牧島が？　じゃあ、黒沼組と銀山会が手を組んで、うちを潰そうとしたってことですか」

私は小さく頷いた。

牧島個人の判断なのかは不明だが、若頭という立場上、銀山会がかかわってくるのは当然だろう。

するとそのとき、怜悧な声が耳に届く。

「そのとおりです。堂本組を潰そうとする輩たちを始末する絶好の機会がやってきました」

　リビングの扉が開かれ、薬師神が姿を見せる。

　咲夜と玲央は素早く立ち上がると、両手を膝につけて頭を下げた。

「若頭、お帰りなさいませ」

「ただいま帰りました。堂本さんは別の病院に無事転院していただきましたので、心配ありません。では、作戦会議を始めましょうか」

　眼鏡の奥の怜悧な双眸を煌めかせた薬師神は、私の向かいのソファに腰を下ろす。

　彼は手にしていたジュラルミンケースをテーブルにのせる。

　ひとまず貴臣の身の安全は確保できているようだ。

　私は薬師神に、真由華が漏らしたことを伝えるため、彼と向き合う。

「薬師神に伝えておきたいことがあるの。病院で真由華と若頭が話していたことなんだけれど……」

　そう言うと、薬師神は軽く手を上げて続きを遮る。

「詳細はけっこうです。わたくしはこの目で事態を確認していました。それからこの地獄耳により、黒沼組が漏らした情報もしっかりと捉えています。わたくしが得た情報と統合しますと、堂本さんを襲撃した首謀者は黒沼真由華と牧島恭介です。彼らのバックは黒沼組と銀山会ですから、そちらと対立する構図になります」

「でも、本当に狙われたのは私なのよね？　真由華はそう言っていたわ」

「そうですね。ですが牧島が葵衣さんを消しても何の得にもなりませんから、真由華の指示を聞くふりをして、堂本さんを狙ったという可能性も考えられます」

それぞれの思惑が複雑に絡み合って、今回の事件につながったようだ。

だけどひとつ言えるのは、これで終わるはずはないということ。

表情を引きしめた咲夜が、薬師神に問いかける。

「カチコミしますか？」

「それは待ちなさい。こちらが悪者にされてはたまりませんからね。証拠は押さえてありますので、もっとも有効な方法で彼らを排除しましょう」

そう言った薬師神は、銀色に輝くジュラルミンケースを開いた。

中から取り出した万年筆や、写真が入っていると思しき袋をテーブルに置く。

玲央は万年筆を手にすると、角度を変えてつぶさに眺めた。

「これ、カメラ……じゃないな。ボイスレコーダーですよね？」

「録音した音声は保存してありますので、壊してもかまいません」

「使い方くらい知ってますよ。ここを押して再生……っと」

途端に、明瞭な音声が室内に流れた。

『おう、来たか。誰にも見られなかっただろうな』

『うちを誰やと思うてるの。そんくらいわかっとるわ。うちかて、牧島さんの愛人や思われるなんてごめんやわ』

『真由華お嬢様に美味いシノギを噛ませてやるんだからよ、念には念を入れないとな。ヤクを分けてやるなんて、おれくらいのもんだぞ』

『わかっとるわ。恩着せがましい。さっさと金の話しよか』

目を見開いて、録音された会話に聞き入る。

この声は間違いなく、黒沼真由華と牧島恭介だ。どうやらふたりがどこかで密会したときの音声らしい。

一時間ほどの密会を、私たちは黙して聞いていた。

録音ではあるのだが、誰も口を挟まなかった。

シノギについての相談のほか、真由華は私を襲撃してほしいと、牧島に依頼していた。あまりにも私欲に塗れた生々しいふたりの会話に、戦慄を覚える。

やがてふたりが話を終えると、そこで音声も途絶える。

ずっと目を閉じて聞いていた薬師神は、万年筆型のボイスレコーダーを手にすると、カチリとスイッチを押して再生を切った。

「――というわけです。この音声は堂本組で独自に入手しました。今回の襲撃事件が彼らの犯行によるものという、動かぬ証拠です。それから聞いてのとおり、彼らは麻薬取引にかかわっています」

会話に登場した『ヤク』とは違法薬物のことで、『シノギ』は極道が稼ぐ手段を指している。

薬師神は言葉を継いだ。

「西極真連合では違法薬物をシノギとして扱う行為は禁止しており、発覚したら破門です。この音声が公になれば、彼らは極道の世界にいられなくなります。黒沼組と銀山会も責任を取らされるでしょう」

いつの間にか新しいハーブティーを淹れてきた玲央は、私と薬師神の前にティーカップを差し出す。

「じゃあ、さっさと公開しましょうよ。これ以上やつらに好き勝手させていいんですか？」

「待ちなさい。証拠はまだあります。音声のみでは、言い逃れされる恐れがありますからね」

悠然とした笑みを湛えた薬師神が、袋からたくさんの写真を取り出す。テーブルに広げられたそれを、私たちは覗き込んだ。

その中の一枚を手にして眺める。

どこかの路地裏のようだ。車から顔を覗かせたスーツ姿の男と、パーカーを着た胡散臭そうな男が、何かの品物を受け渡ししているところだった。

「これは……車に乗っているのは牧島ね。相手の男に何かを渡しているみたい」

「もしかして、ヤクじゃないですか？　この男は見たことがあります。ヤクの売人ですよ」

写真を見た咲夜は指摘した。

牧島は売人を通じて麻薬を売りさばいているという証拠写真だ。

薬師神は眼鏡の奥の双眸を細めた。

「それでは、裏切り者を一網打尽にする絵を、我々で描いてみましょうか」

頷いた私たちは、薬師神の話に耳を傾けた。

謀略の巡るパーティーを、これから繰り広げるために。

七章　謀略の婚約披露パーティー

ついに、婚約披露パーティーが開催される日が訪れた。

襲撃事件が起こってから貴臣が退院するまで、一か月ほどが経過したが、その間は何事もなく過ぎた。

堂本家に戻ってきた貴臣は退屈な入院生活を終えたためか、晴れ晴れとした顔でみんなからの出迎えを受けていた。

今日のパーティーには、貴臣は容態が回復して退院したという通達とともに、連合の重鎮や各組の幹部たちを多数招待している。

先代の連合会長であった堂本権左衛門の孫である貴臣が、誰と結婚するのかは連合の将来を揺るがす一大事である。その相手が堅気の娘と知らされたら、幹部たちは肩の力を抜くことだろう。

控え室で支度を整えていた私は、緊張に身を包みながらも、胸を躍らせていた。

鏡に映るのは、可憐な桜吹雪が舞う白綸子の着物に、金彩の帯を締めた私の姿だ。

貴臣が私にプレゼントしてくれた数々の着物はしばらくの間、クローゼットに収納されたままだったけれど、晴れの日に着用することを決めた。

彼からの贈り物を、ありがたく受け取ろうという素直な気持ちになれたのも、貴臣が愛情をもって接してくれたおかげだ。

そして……お腹の赤ちゃんも。

そっと腹部に手をやる。そこはまだ膨らんではいないけれど、ふたりの愛の結晶は確かに息づいているのだ。

だけど、貴臣にはまだ妊娠を報告していない。

パーティーが終わったあとに打ち明けようと思っていた。なぜなら、この婚約披露パーティーは堂本組の将来を決めるものであり、貴臣にとって、とても大事な行事だからだ。

もちろん私にとっても、堂本組の姐御として認められなければならないという、大切な場だ。もし妊娠したと告げたら、中止にされてしまうかもしれない。

体のことを考えるならそうすべきかもしれないけれど、婚約披露を乗り越えてこそ、貴臣の正式な花嫁になれると、私は決意を固めていた。

それに、今日すべてが解決するのだから——。

改めて本日の手順を考えていたそのとき、控え室の扉がノックされる。

「どうぞ」

返事をすると、漆黒の礼装をまとった貴臣が入室してきた。

着飾った私を見た彼は目を見開く。

「美しいな。惚れ直した」

感嘆の息を吐いて褒めそやした貴臣は私の後ろに立つと、鏡を覗き込む。

鏡の中にいる彼は紋付羽織袴の和装で、凛々しさが際立っている。私のほうこそ惚れ直すほどの美丈夫だ。

正装をまとったふたりは眩く煌めいて、鏡に映っていた。

「馬子にも衣装というじゃない？　着物が素敵だから美しく見えるのじゃないかしら」

「そんなことはない。葵衣が着ていない空の着物は、色褪せている。おまえの美しさが着物を輝かせているんだな」

貴臣は私の左手を掬い上げた。

薬指には贈られたダイヤモンドの婚約指輪をつけている。光り輝く指輪越しに私の顔を愛しげに見つめる貴臣に、頬が熱くなった。

「もう。貴臣ったら……まだ髪を仕上げていないのよ。美容師さんが困っているじゃない。あなたはお客様の相手をしてきて」

着付けがあったので堂本組の若衆たちは下がらせている。控え室で私の髪を結い上げていた女性の美容師は、微苦笑を見せた。

朗らかに笑った貴臣は、手の甲にひとつ唇を落とす。

人前でもこんなふうに愛情を示そうとするのだから、困ってしまう。私は幸せの絶頂にいることを噛みしめた。

「わかった。連合会長の機嫌を取ってくることにするか。碁ばかり打ってる会長も、葵衣を紹介したらこの美しさに驚くぞ」

傍に控えていた薬師神をともない、ようやく貴臣は控え室を出ていった。

美容師は夜会巻きにした私の髪に、螺鈿細工のかんざしを飾る。

連合会長を含む重鎮に会うのは初めてのことだ。貴臣の花嫁として、恥ずかしくないよう振る舞わないと。

これからの挨拶を改めて頭で復唱していたとき、再び控え室の扉がノックされた。

「貴臣？　どうしたの？」

声をかけると、ギイと軋んだ音を立てて扉が開かれる。

そこにいたのは、紋付の訪問着をまとった真由華だった。彼女の唇に塗られた真紅の口紅は、妖艶な笑みを描いている。

「うちはお祝いしにきたんや。婚約おめでとう」

「真由華さん……」

「パーティーの前に、つまらん誤解をとかなあかん思てな。人に聞かれるんは困るから、ちょっと向こうで話せるか？」

彼女は謝罪をしに来てくれたのだ。まさか祝福されるとは思っていなかったが、もしかしたら誰かに反省を促されたのかもしれない。謝ってもらえるのなら、階段から突き落とされたことを責めるつもりはない。足の捻挫はとうに治癒しているのだから。

「ええ、ぜひ」

快諾した私は席を立ち、真由華とともに控え室を出た。

賓客はすでに会場に入って歓談している最中なので、廊下にはひとけがない。

真由華は廊下の隅にある錆びついた扉を開けて中に入った。あとに続くと、そこには使われていない家具などが積み重ねられている。倉庫として使用している部屋らしい。

「ここで……？」

「誰にも聞かれたくないんでなぁ。実はうち、貴臣さんを諦めて牧島に乗り換えよ思うてんねや」

「えっ、そうなの？」

私の聞き間違いだろうかと目を瞬かせる。あれほど貴臣に執着していた彼女が、あっさりほかの人を好きになるなんて意外だった。

真由華は気まずそうに視線を逸らした。

「組のためもあるんでなぁ。後ろ盾を考えんと。ほら、今日はお父さんの代わりに、うちが黒沼組の名代で来とんねや。せやから周りの目もあるやろ？　こないだのことは黙っといてくれるか？　頼むわぁ」

両手を合わせて拝むように頼まれる。殊勝な彼女に同情心が湧いた。

「安心してちょうだい。私は階段での一件を明らかにするつもりはないわ」

「ほうか……ま、喋りたくても、喋れんけどな」

え、と首を捻ったとき、眼前に白刃が閃く。

息を呑み、身を引いた。

ざくりと白綸子の袂が引き裂かれる感触に、背筋が怖気立つ。

「な……何をするの!?」

短刀を手にした真由華は舌打ちを零した。

そのとき、倉庫に踏み込んできた人影を目の端に止める。

——助かった。

安堵がよぎるけれど、それは不穏な気配をもたらす。

「真由華お嬢さん。傷をつけてもらっちゃ困るな。その女はあとでおれが使うんだぞ」

悠々としている牧島は、この状況を目にしても驚く様子がない。まるで、こうなることを知っていたかのようだ。

牧島を睨みつけた真由華は、袂から束になったロープを取り出した。

「わかっとるわ。手はずどおりやろ。はよ、この女を縛りいや」

床に投げ出されたロープを手にした牧島により、私の体が縛り上げられる。短刀を突きつけられているので、抵抗できない。

「や、やめて！　あなたたちは……う……」

さらに手拭いを口元に巻かれ、猿ぐつわをされてしまう。これでは声を上げることも、身動きすることもできない。両手と両足を縛られて、無残に床に転がされた。

「パーティーが終わるまで、葵衣さんにはここにいてもらおうか。なに、心配いらない。あとで迎えに来てやるよ。そのときあんたは、おれの女だ」

「牧島さんには世話になっとるさかい、好きにしいや。けど、その前に……」

ぎらりと刀身を閃かせた真由華は、私の着物の裾を引っぱる。ざくざくと、何度も刃を生地に突き立てた。

つい先ほど、貴臣が褒めてくれた着物はひどく引き裂かれ、ぼろきれのように変貌する。

さらに彼女は私の指から、婚約指輪を乱暴に抜き取った。

「その恰好なら人前に出られんやろ。貴臣さんの許嫁はうちや。惨めったらしく床に転がっとき」

「ん、んん――っ」

閉ざされた倉庫の扉が施錠される音を耳にして、私は騙されたことを悟った。

牧島と真由華は共謀して、この婚約披露パーティーを自分たちの描いた絵に塗り替えるつもりなのだ。

暗い室内で必死にロープを解こうと身を捩るけれど、きつく食い込んだ縄はどんなに暴れてもゆるむことはなかった。

婚約披露パーティーの会場は、人々の楽しげなさざめきで溢れている。

華麗な花が飾られた円卓の周りで、グラスを手にした招待客たちは笑みを浮かべていた。

彼らが堅気でないことは、その目つきの鋭さからわかる。招待されたのはみな、極道の組の幹部たちだった。

その証というべきか、舞台に鎮座する刀掛けには、泰然と日本刀が飾られている。

極道を象徴する太刀の前で、幹部たちは談笑する。

「堂本組長もとうとう年貢の納め時か。相手は黒沼組のお嬢さんかな？」

「黒沼組はうまいことやったもんだ。銀山会としては、どう出るのかね？　堂本組長とは因縁の仲だろう」

ほかの組の組長に話を振られた牧島は、微苦笑を零す。

彼は何事もなかったかのように涼しい顔をし、招待客として会場にいた。

「さあ。よくわかりませんね」

「銀山会は動かないのか。どうせ黒沼組は連合会長の椅子を狙っての結婚……おっと」

噂話に興じていた幹部は、近づいてきた人物に気づいて口を噤む。

彼らは素早くグラスを卓に置くと、一斉に頭を下げた。

「会長、お久しぶりでございます」

「うむ。堅苦しい挨拶はなしでいいぞ。今日はめでたい日だからな。権左衛門さんが亡くなってからというもの、わたしは貴臣くんが嫁を取るのを心待ちにしていたんだよ。なあ、そうだろう？」

好々爺然とした笑みを湛えた連合会長は、傍らの貴臣を見やる。

貴臣は微笑を浮かべつつ答えた。

「ようやく祖父の墓前に報告できそうです。彼女は俺が子どもの頃に、祖父が見つけてきてくれた許嫁でしたから」

「ほう、権左衛門さんがね。それは初耳だ。ところで……その許嫁はどちらかな？そろそろ、わたしに紹介してくれんかね」

「ええ……支度に時間がかかっているようでして。迎えに行ってまいります」

一礼した貴臣は踵を返した。

だが、その進路を真由華がふさぐ。

眉をひそめる貴臣に、勝ち誇った笑みを彼女は向けた。そして周囲に聞こえるよう、高らかに述べる。

「お待たせしました、皆様。黒沼組、組長の娘である真由華でございます。うちが、貴臣さんの許嫁です。今後ともよろしゅうに」

招待客から拍手が湧いた。そんな中、貴臣ひとりだけがきつく眉根を寄せる。

「どういうことだ、真由華。葵衣はどこにいる？」

「あの愛人なら、ほかの男に乗り換えたいんやて、うちに言うとったわ。貴臣さんを捨てるなんて、ほんまひどい女やね。でも貴臣さんにはうちがいるから安心したって」

左手の薬指にはめたダイヤモンドの婚約指輪を、真由華は自慢げに掲げた。

はっとした貴臣は真由華の腕を掴み、指輪を見つめる。

「これは……俺が葵衣に贈った指輪だな。特注品だから同じものはふたつないはずだ。それに、葵衣がそんなことを言うはずがない。彼女に何をした⁉」

突如、会場が漆黒の闇に包まれる。

動揺した人々のざわめく声が満ちた。

袖幕の隙間から成り行きをうかがっていた私は、音もなく中央に歩み出る。

眩いスポットライトが舞台を照らす。

暗闇に浮かび上がった私の姿を目にした人々は、あっと驚きの声を上げた。

「皆様、本日は婚約披露パーティーにお集まりいただきまして、誠にありがとうございます。私が堂本貴臣の許嫁であり、堂本組の姐御となります、葵衣と申します。どうぞお見知りおきを」

凛然と佇み、口上を述べる。

漆黒の着物に描かれた金の薔薇が明かりに煌めく。

片肌脱ぎにした胸元にはさらしを巻き、褄を取った足はさらしている。

大胆な装いに、会場にはどよめきが広がった。

驚いた真由華は、壇上の私を指差す。

「な、なんで別の着物になってるんや⁉　白綸子のは切り刻んでやったはずやのに！　縛りつけて倉庫に押し込んどいたやないの。どういうことや、牧島さん！」

名指しされた牧島は目を眇めて、小さく首を左右に振る。余計なことを漏らすなと言いたいらしい。

彼女の疑問に答えるべく、私はさらしたほうの手を掲げた。

「あなたが切り刻んだ白綸子の着物とは、これのことかしら？」

合図により舞台袖から出てきた黒子は、咲夜である。彼は刃物でずたずたに切り裂かれた桜模様の着物を広げ、賓客に見せた。

真由華は自らが刻んだ着物を唖然として見ている。

私はトリックを説明した。

「着替える時間はないと予想していたから、初めから着物を二枚、重ねて着ていたのよ」

「な、なんやて……？」

「あなたがたを驚かせてあげようと思ったの。私の演技は上手だったでしょう？」

牧島と真由華が結託して、私を倉庫に閉じ込め、婚約披露パーティーには真由華が許嫁として出席するという計画を私はすでに知っていた。その情報を集められたのは、すべて優秀な組員たちのおかげである。

ふたりに騙されるふりをして、計画の裏をかいたというわけだ。

彼らに縛られて倉庫に鍵をかけられたとき、すでに倉庫内には咲夜が潜んで様子をうかがっていた。咲夜に縄を解いてもらうのと同時に、スペアキーを持った玲央が駆けつけ、その場で切り裂かれた着物を一枚脱ぐ。

そして袖幕に控えて、パーティーを見守っていたわけである。

悠然として舞台上に佇んだ私は、招待客に語りかけた。

「でもね、これで終わりではないの。私からのプレゼントを受け取ったみなさんは、きっと驚いてくださるわ」

ぱちりと指を鳴らして合図を送る。

すると、ひらひらと天井からいくつもの紙が舞い降りてきた。

紙吹雪にしては大きなサイズのそれを、招待客が拾い上げる。

「なんだ、これは……写真か？」

そのとき、会場の照明が戻った。眩い明かりのもとで写真を目にした人々は、口々にざわめく。

そこには、売人と取引を行っている最中の牧島が写されていた。さらに料亭の個室から出てくる牧島と真由華の姿が収められたものなど、複数の写真がある。

写真を取り上げた牧島は青ざめた。

「偽造だ！　写真はいくらでも合成できる。おれをはめようとする罠だ！」

吠える牧島は密談の証拠を認めようとしない。

私は会場の音響と照明を操作している玲央に向けて、ぱちりと指を鳴らした。

すぐさま会場内に、音声が流される。

『こっちはヤクの密輪ルートを持ってるんだ。売人を管理するのも手間がかかる。おれの取り分は七割だ』

『ええけどね。うちにとったらヤクのシノギなんて小遣い稼ぎやわ。それより肩持ってあげてんのやから、お父さんを次の連合会長に推すこと忘れんでよ。それから、あれも襲ってくれへん？』

『あれとは？』

『貴臣さんにひっついてる葵衣とかいう女に決まっとるやん。邪魔でしゃあないわ』

『真由華お嬢様は執念深いな。むしろ貴臣が邪魔なんだが。まあ、どうにかしよう。殺しでも何でもやる手駒がある。堂本組にこのシノギを嗅ぎつけられたら、おれたちは終わりだからな』

『牧島さん、阿呆なこと言わんといて。バレてもお父さんがなんとかしてくれるから、うちは平気やけどね』

明瞭に流れているのは、牧島と真由華の声だ。

これは料亭での密談を録音した内容の、重要な部分である。

延々と流れるふたりの会話は、麻薬取引を共謀していることを明らかにしていた。さらに襲撃事件にも触れている。

周囲に冷めた視線を向けられた真由華は、青ざめて立ち竦む。

「これらは、あなたがたが共謀して麻薬取引を行っているという証拠の品々よ。密かに堂本組が掴んだの。連合では麻薬取引は破門よね。弁明したらいかが？」

悠々と私が述べると、うろたえた真由華は牧島を横目でうかがう。

はっとした牧島は、連合会長の前に走り寄った。

「会長、これは堂本組の陰謀です！　おれは何も知りません」

密談を聞かされた会長は、涼しい顔でグラスを傾けた。

現役の会長を差し置いて、次期連合会長についての相談を勝手にされたばかりか、禁止しているヤクをシノギにしているとあっては、会長は顔に泥を塗られたも同然である。

酒を飲み干し、とんと卓にグラスを置いた彼は、冷徹な眼差しを牧島に向ける。

「うん。あのね、牧島くん。きみは破門だ」

息を呑む牧島に、会長は言葉を継ぐ。

「実はね、わたしはすでに堂本組の薬師神くんから、これらの証拠を見せてもらっていてね。きみと黒沼真由華が密談した内容もすべて聞かせてもらったよ。ほかの件はともかくとして、ヤクのシノギが破門なのは承知の上だろうから、きみも覚悟があってのことだろう。極道なら、最後の年貢はきちんと納めたまえ」

さりげなく貴臣の傍に控える薬師神に、牧島は敵意を含んだ目をやる。

「薬師神、てめえ……」

「牧島恭介、あなたの負けです。呪うなら、迂闊な自分を呪えばよろしいかと思いますね」

すべては薬師神の描いた絵だ。

麻薬の不正取引、そして婚約披露パーティーでの犯行計画は料亭の密談で交わされ、その録音は堂本組の幹部が入手している。

彼らの行いを暴くため、もっとも効果的な舞台での出し物を演出しようと、私たちは入念に策を練ったのである。

歯噛みする牧島へ、貴臣はさらなる追い打ちをかけた。

「売人どものアジトはすでに押さえている。それからな、俺を襲撃したチンピラを突き止めたところ、おまえの差し金だと自白したぞ。銀山会の牧島恭介に、はした金で雇われただけだとな。真由華は葵衣を襲わせたかったようだが、先に俺を撃ち殺してから、俺の女を掠め取るという算段か。おまえの考えそうなことだ」

その言葉を耳にし、悔しげに身を震わせた牧島だったが、踵を返して会場を出ていく。

牧島が弁明するだろうと思っていた招待客たちは、呆気にとられていた。

会長が目で合図を送ると、後ろに控えていた部下がすぐさま駆け出す。

もはや破門だと悟った牧島は、逃げたのだった。

一同は残された真由華に注目する。

彼女は怯えた様子で、後ずさりした。

「う、うちはなんも知らん。牧島に騙されたんや。着物を裂いたなんて濡れ衣やて。あの女の自演や……」

卓にぶつかり、手をついた真由華の袂から、ぽとりと鞘に収められた短刀が零れ落ちる。

薬師神は素早くハンカチを使い、証拠品を拾い上げて検分した。

「刃に着物の切れ端がついています。鑑定すれば、切り刻まれた葵衣さんの着物と一致していることはすぐに証明できるでしょう」

「そ、そんなん、知らんわ。たまたまついていただけで……そうや、うちの同じ着物やわ。忘れとったから……」

この期に及んで苦しい言い訳を述べる真由華に、周囲の者たちは嘆息をもって応える。

私は最後の引導を渡した。

「真由華さん。あなたも極道の女なら覚悟を決めて、詫びてちょうだい。それが筋というものでしょう」

背を丸めて辺りをうかがう彼女の姿には、これまでの高飛車な面影はない。

唇を戦慄かせた真由華は重い足を繰り出し、私の立つ舞台前へ進んだ。

薬指からダイヤモンドの婚約指輪を外した彼女は、ぽいと床に放る。そして、全身の力が抜けたように、がくりと膝を折った。

「……申し訳ございませんでした」

床に額を擦りつけ、蚊の鳴くような小さな声で謝罪を述べる。

けれどすぐに立ち上がると、着物の裾を乱しながら会場の外へ逃げていった。

放られた指輪を、貴臣は拾い上げる。

舞台に上がった彼は、私の手を掬い上げた。光り輝く指輪が薬指に戻される。

「極道の姐御らしい、凄みのある口上だったな」

「姐御になる覚悟ができたのも、堂本組のみんなと貴臣のおかげよ。それにこの計画が遂行されたのもね」

微笑みを交わし合い、婚約披露パーティーの成功を喜ぶ。

招待客たちから拍手が湧き起こった。

安堵した私が舞台から降りようとした、そのとき――。

はっとした貴臣が、鋭い声をかけて私に手を伸ばす。

「葵衣！」

瞬きをしたとき、背中にぴたりと硬いものが押し当てられた。

「動くなよ、貴臣。この女の命が惜しかったらな」

牧島の声だった。彼は逃げたと思ったが、貴臣に復讐する機会をうかがっていたのだ。

息を呑んだ私は、背中に押し当てられたものが拳銃だと理解する。

片腕を掴まれて、逃げないよう後ろ手に組まされる。

会場がざわめいたのは、ほんの一瞬だった。

招待客たちは誰もが固唾を呑み、事態を見守っている。ひとりたりとも動くことはできなかった。

空を掻いた貴臣の手は、ゆっくり下ろされる。

だが貴臣の双眸は獲物を捕らえる猛禽類のごとく、炯々と光っていた。

「牧島――。命乞いをしたいなら、俺にではなく、会長にしたらどうだ」

「勘違いするなよ、貴臣。命乞いをするのはてめえのほうだ。女を殺されたくなかったら、土下座して今までの詫びを入れろ」

貴臣は、すうっと目を細めた。

「ほう。土下座なんかでいいのか。だが詫びとは、何の詫びだ？」

「長年、叩き上げのおれを陰で笑っていたことへの詫びに決まってるだろ。てめえみたいなお坊ちゃまが存在するだけで腹の底が煮えくりかえる」

「笑ったことなどない。おまえが俺を忌み嫌っていたのは、やはり出自だったんだな」

極道の世界で成り上がってきた牧島は、生まれながらにして組長となる貴臣が憎らしかったのだ。

上辺は友人のように繕っていても、消せない劣等感が滲んでいたのだろう。

「うるせえ！　さっさと土下座しろ！」

わめいた牧島は、掴んだ私の腕を捻り上げた。

痛みに顔をしかめそうになるが、かろうじてこらえる。

私は堂本組の姐御なのだ。泣いたり、痛がったりしてはいけない。貴臣に助けを求めてもいけない。

たとえ撃たれても、毅然としていなければ——。

それが、極道の妻になるということだと思うから。

だけど私はよくても、貴臣との子どもが心配だった。お腹の子だけは守りたい。だからといって、牧島に命乞いをするつもりはなかった。

貴臣はこちらに視線を注ぎながら、姿勢を低くした。

声が震えそうになるのを必死で抑えながら、私は土下座しかけている貴臣に言う。

「貴臣！　土下座してはだめ。頭を下げたら、牧島はあなたを殺すつもりよ」

「黙れ！」

恫喝した牧島が私の腕を引いた。

その隙に体勢を崩すふりをして、身を屈める。

拳銃の標的が私から外れた。解放されてほっとしたのも束の間、銃口は貴臣を狙い定める。

その刹那、貴臣は舞台に飾られていた日本刀を掴んで刀身を抜く。

カラン、と鞘が転がったときには、日本刀をかまえた貴臣と、彼に拳銃を向けた牧島が向き合っていた。

だが両者には距離がある。

貴臣が刀を振ったとしても、拳銃が発射されるのがどう見ても先だ。貴臣の劣勢は変わらない。

彼を助けようと身を起こした私を、貴臣はすっと首を横に振って制した。

青眼にかまえた貴臣の双眸は、まっすぐに銃口に向けられている。

しん、と会場は水を打ったかのように静まり返っていた。

動いて牧島を刺激したら、いつこちらに銃口が向くかわからないのだ。誰もが貴臣が撃たれて終わる結末を予想しているのではないか。

どうしたらいいの……。

惑う私に対して、貴臣は冷静だった。

この瞬間にも銃弾が発射されるかもしれないというのに、彼は瞬きすらせず、呼吸は乱れていない。

勝利を確信した牧島は、にやりと笑んだ。

「おれの勝ちだな。刀を捨てて土下座しろ」

牧島の命令に貴臣は動かない。

場には緊張が漲り、息を呑む音が聞こえそうなほどの静寂に満ちていた。

焦れた牧島が再び命じようと口を開けたとき。

貴臣は低い声でひとこと放った。

「俺を殺して満足しろよ」

貴臣が死ぬまで、牧島は納得できないのだと見透かした発言だった。

図星を指された牧島は逆上する。

「望みどおり殺してやる！」
トリガーが引かれた。
パン、と鼓膜を突き破りそうなほどの破裂音が響く。
その瞬間、かまえ直した貴臣の刀身が鈍い音を立てる。
薬莢が床に転がるが、貴臣は倒れない。
何が起きたのかわからない牧島は呆然とした。
貴臣の刀が銃弾を弾いたのだ。転がった薬莢を目にして、私はそれに気づいた。
一閃が走る。
貴臣の一太刀が、隙を見せた牧島の拳銃を弾き飛ばす。
それを合図に、舞台上に大勢の極道が駆けつけてきた。
瞬いたときには、屈強な男たちによって牧島は押さえつけられ、地に伏していた。
それでもまだ、牧島は起こったことが信じられないようだった。
「なんで倒れねえ……なんで……」
牧島の手から弾かれた拳銃は、薬師神がハンカチに包んでいた。
鞘を拾い上げた私は、それを貴臣に手渡す。
刀を鞘に収めると、貴臣は牧島に目を向けた。

「俺の大切なものを傷つけようとするやつは、容赦しない」

そう言った彼は、私の肩を抱いて引き寄せる。

貴臣は、私を守ってくれた――。

安堵とともに、牧島という仇敵との決着がついたことを知った。


ホテルの裏手にある搬入口に、白いバンがひっそりと停められている。

そこへ会長の部下たちに連行された牧島が乗り込もうとしていた。車からは真由華の泣きわめく声が聞こえてくる。彼らは会長のもとで、改めて事情を聞かれたのち、処分を言い渡されるだろう。

車に近づく貴臣に気づいた牧島は、ちらりとこちらに目を向けた。

最後に牧島と話したいという貴臣の意向を汲んだ私は、背後から見守る。貴臣の護衛には薬師神がついていた。

取り押さえられたときは狼狽していた牧島だが、極道の矜持ゆえか、いつもの不遜さを取り戻していた。

「貴臣、てめえの勝ちだ。破門されたら憎らしいお坊ちゃまの顔を二度と見なくて済むな。せいせいするぜ」

強がりとも思える態度の牧島に、貴臣は冷静に訊ねた。

「俺を襲撃したのは、牧島の指示だと認めるんだな」

「今さら何を言ってやがる……。おれは貴臣のものをすべて奪いたかったのさ。命も地位も、女もな。それだけだ」

貴臣を嫉妬し続けた牧島は、築き上げてきたものすべてを失った。

ひとつ頷いた貴臣はその答えに納得したようだった。

彼の傍にいた薬師神が問いかける。

「最後に聞いておきたいことがあります。先代の堂本組長を殺したのは、あなたなのですか？」

真犯人は牧島なのか。

それは貴臣と、堂本組がずっと知りたかった疑惑だろう。

私は息を呑んで答えを待ち受ける。

牧島は首を横に振った。

「おれじゃない。先代の若頭が堂本を殺るっていうんで手伝うふりをして、事が終わったあと権左衛門に告げ口した。裏切り者と呼ばれようがなんでもいい。そうでもしないと出世できねえからな。お坊ちゃまの貴臣には、わからないことさ」

牧島の告白に、貴臣は双眸を細めて応えた。

そして長年の疑問が解消された礼を、彼は述べたのだった。

「おまえは薄汚いやつだ。最高の極道だったよ」

無表情の牧島は顔を背けると、車に乗り込む。

彼らを乗せた車は寒風の中を走り出していった。


パーティーから帰宅すると、堂本家にて盛大な祝宴が開かれた。

私は堂本組の姐御としてみんなから持ち上げられ、恥ずかしながらも嬉しい思いでいっぱいだった。極道の姐御としてやっていこうという決意ができたのも、周りのみんなが支えてくれたおかげだ。それから、貴臣が襲撃を受けて入院したことも大きかった。

私は貴臣に守られてばかりだった。

でもこれからは、彼の傍で、堂本組をともに支えていきたいという想いが胸に湧いている。

愛する貴臣と同じ道を歩むため、私はもう迷わない。

盛り上がる堂本組のみんなを眺めつつ、そう決心していると、咲夜と玲央は祝杯を交わしながら作戦を振り返っていた。

「牧島たちがお嬢さんを傷つけようとしたら、すぐに飛び出そうと自分は身構えていました。椅子の陰に隠れていたんですけど、よく殺気が漏れなかったと思いますね」

「ちぇ。咲夜はお嬢さんを救出する役だもんな。俺なんか最後まで裏方だぞ。シャンデリアに写真入りのネットを仕掛けたり、ボイスレコーダーの音声を流すために音響の調整したり……前日に会場で作業した地味な努力をわかってほしいもんだよ。若頭は命令するだけだしな」

すぐ隣には薬師神がいるのだけれど、ふたりはかまわず話に花を咲かせる。

私はそれぞれの力を尽くしたことをねぎらった。

「みんな、ありがとう。薬師神から計画を提案されたときはどうなることかと思ったけれど、こうして無事に目的を達成できてよかったわ。頑張ってくれたみんなのおかげよ」

舎弟たちが咲夜と玲央を囃し立て、祝宴の場が賑わう。

涼しい顔をしてグラスを傾けている薬師神の横で、貴臣は黙って盃を傾けていた。

どうやら、作戦の一部を知らされていなかったことに立腹しているようだ。

祝宴の初めは笑みを浮かべていた貴臣だったが、倉庫で着物を切り刻まれ、縛り上げられた詳細をあらためて私たちから聞くと、真顔になってしまった。

確かに一歩間違えば危険な状況ではあったけれど、真由華に連れ出された時点で玲央は廊下に待機し、咲夜はすでに倉庫に潜んでいたのである。もし貴臣がすべてを知っていたら先に真由華や牧島を問い詰めてしまい、作戦の成功はなかったかもしれない。結果としてうまくいったので、よしとしてもらいたい。

だけど、最後に牧島から拳銃を突きつけられたのは想定外だった。

事なきを得たのも、貴臣の活躍のおかげだ。

つと盃を置いた貴臣は、私の肩を引き寄せた。

「おまえら、今日はご苦労だった。好きなだけ酒を飲め。俺たちはそろそろ休む」

そう言って貴臣は、軽々と私の体を横抱きにする。

祝宴の行われている母屋から渡り廊下へ出ると、彼は足早に離れへと入っていった。

そのまま寝所へと連れ去られてしまう。

貴臣……怒ってるんだわ……。

強靱な腕の中で身を小さくした私は、すとんと寝台に下ろされる。怒りを帯びた双眸で見下ろしてくる貴臣を、おそるおそる上目で見た。

「あの……そんなに怒らないでほしいの。すべての計画を明かさなかったのは、貴臣に心配をかけないようにという配慮だったの」

「それはよしとしよう。俺が怒っている理由は、葵衣のこれまでの秘密主義にある」

「えっ？　ほかに貴臣に秘密にしていることなんて……あ……」

思い当たることがある私は口元に手を当てる。妊娠していることは、まだ貴臣に伝えていないのだ。

そんな私の仕草を見た貴臣は、いっそう眉間の皺を深く刻んだ。

「葵衣は俺と結婚すると心に決めたんだろう？　だったら、隠し事はなしにしようじゃないか」

「ええ……そうよね」

「そこでだ。今こそ、おまえに聞きたいことがある」

「え……何かしら？」

金の薔薇が描かれた漆黒の着物は、未だに片側が脱げていた。露わになった私の肩を、貴臣は覆い隠すようにてのひらでさする。

「お守りの代わりに、俺にしてほしいことがあると言っただろう。あの答えを教えてくれ。今すぐにできる簡単なこととは、いったい何だ？」

そういえば、背中の彫り物を見せてほしいという願いを内緒のままにしていた。あのときは極道の花嫁になる決心ができていなかったから、臆して言えなかったのだ。貴臣のことを信じきれなかった私がいけないのに、謎かけのようなことを言って、ひどく彼を悩ませてしまったようである。

でも、今なら言える。

私は貴臣の花嫁になるのだから、彼のすべてを受け入れたかった。

「あれは……貴臣の、背中を見たかったの」

「……背中を？　それがどうしたんだ」

なぜ背中を見せるのに躊躇しなければならないのかと言いたげに、彼は目を瞬かせている。

「彫り物が、あるでしょう？　あなたの背中の彫り物は極道の証だから、堅気のまま実家に戻る私には見せられないのだと思って、言えなかったのよ」

説明を聞いた貴臣は脱力して、私の両方の肩に手を置いた。彼の吐息が鼻先にかかる。

「おまえの想像の中の俺はどれだけ繊細なんだ？　見せたら減るもんじゃあるまいし、背中なんかいくらでも見せてやる。まさかそんなにも簡単なことだとは思わなかったぞ」

「ごめんなさい。見てしまったらもう戻れないとか、いろいろ思い悩んでしまったの」

貴臣はまとっていたシャツを、ばさりと脱ぎ捨てる。さらにスラックスと下穿きも下ろした。彼の彫り物は、腰から太股にまで模様がある。

「見ようが見まいが、おまえは俺の女なんだよ。ほら、しっかり見ろ」

貴臣は堂々と背を向けた。そこに描かれた彫り物を、私は目を見開いて焼きつける。

一匹の虎が、炯々とした双眸を光らせてこちらを射貫く。

猛虎は今にも動き出しそうな躍動感に満ちあふれていた。まるで勇猛な虎が、竹林から獲物を見定めているかのような緊張感がある。

純粋に美しく、そして勇壮な刻印だった。

ついに貴臣の背中を見ることができた喜びが溢れて、ほうと感嘆の息をつく。

「綺麗ね……。見せてくれて、ありがとう」

「いつでも見ていいんだぞ」

彼を信じているからこそ、最後の秘密を打ち明けなければならない。

私は虎の瞳に唇を寄せながら、小さく告げた。

「貴臣……実は、あなたに秘密にしていたことがあるの。婚約披露パーティーが終わったら打ち明けようと思っていたのだけれど……とても大切なことなの」

「わかった。今すぐに言え」

堂々と言い切る貴臣に、お腹の中に命が宿っている事実を告白しようと、私は口を開いた。

「赤ちゃんが……できたの」

ぴくりと虎が揺れた。

後ろを振り向いた貴臣は、瞠目している。

彼は驚きを浮かべたまま私と向き合うと、両方の肩を抱いて顔を覗き込んできた。

「そうか、できたか」

「うん……これ、赤ちゃんの写真よ」

私は持ってきていたエコー写真を取り出し、貴臣に見せた。

じっくりと写真を眺めた貴臣は、笑みを浮かべる。

「これが人間の赤ん坊になるのか。まるで芋虫みたいだな」

「もう！　妊娠初期の赤ちゃんはこういう姿なのよ」

「そうなんだろうな。こういう写真は初めて見た」

そういえば彼は、母親と縁遠かったのだ。

だから自分がお腹の中にいたときのエコー写真を見せてもらう機会などなかったのだろう。

顔を上げた貴臣は、ふと訊ねる。

「……だが、いつ妊娠がわかったんだ？」

「ピアノを贈ってもらったときね。あの日、体調不良で病院へ行ったでしょう？　妊娠していると、産婦人科のお医者様に言われたの」

「俺が入院する前じゃないか！　どうしてひとりで抱えていたんだ」

「心配をさせたくなかったの。襲撃した犯人がわかっていなかったし、婚約披露パーティーのこともあったでしょう？　落ち着いてから、報告したかった……」

話しているうちに、言葉尻が窄んでしまい、眦に涙が溜まる。

改めて私は妊娠したことをひとりで抱えていたのだと実感した。貴臣を煩わせたくなかったという気持ちに嘘はないけれど、たくさん思い悩んだことが脳裏によみがえる。

溢れる涙を舌先で掬い取った貴臣は、震える私の体をぎゅっと抱きしめた。

「すまなかった。気づいてやれなかった俺が悪い」

「ううん……私は、貴臣の花嫁になることを決意したのだから、あらゆる困難を乗り越えるべきなの。それが、極道の姐御としてやっていくために必要だと思うから」

伝う涙を辿るように、頬にくちづけを落とされる。

微笑を浮かべた貴臣は、間近から私の双眸を見つめた。

「困難を乗り越えるなら、俺とふたりでだ。いいな？」

私は、こくりと頷いた。

貴臣と一緒なら、この先の人生をともに歩んでいける。純然たる想いが胸に溢れた。

私は、幸せになれる。貴臣と結婚して、彼の子を産める。

幸福感に包まれながら、貴臣のくちづけを受け止めた。

しっとりと唇を重ね合わせたあと、少し離され、吐息の交わる距離で囁かれる。

「好きだ」

ふいに告げられた言葉に、泣きそうになる。

つながれた手を、ぎゅっと握り返した私は唇を噛みしめた。

「私も、好き……」

やっと言えたひとことに、私の極道は柔らかな笑みを見せる。

貴臣の指先が、さらりと私の髪を梳き上げた。

「おまえを愛している」

煌めく彼の言葉が、私の胸を輝かせる。

私も……と言いかけた唇を、またふさがれた。

「わたしも……あい……んん」

背に回した手で、描かれた虎を撫でさすりながら、私たちは愛情を確認し合った。

終章　幸せの結晶

婚約披露パーティーから、七か月が経過した。

冬が過ぎて、春が訪れ、新緑が眩い季節になった。

パーティーのあと、西極真連合で会合が行われ、満場一致で牧島は破門にされた。

彼は銀山会を去ったあと、故郷に戻り、建設会社で働いていると耳にした。

真由華は親戚の経営する山奥の旅館に行かされ、住み込みで働いているという。黒沼組の組長は娘の不祥事を詫び、二度と組にはかかわらせないと誓った。

銀山会と黒沼組は連合に残留したものの、黒沼組の組長は連合会長の座を完全に諦めたようで、すっかり大人しくなった。

こうして騒動は落着した。

以来、堂本組には目立った騒ぎは起こらず、静かに過ごしている。

貴臣と婚姻届を提出したので、私たちは正式な夫婦となった。

けれど結婚式は出産して落ち着いてからにしようということで、式はまだ挙げていない。

とある日、私と貴臣は、日課となった公園の散歩をしていた。

休日なのでスーツではなく、彼はコットンシャツにジーンズという服装だ。髪もラフに崩しているためか、雰囲気が柔らかく見える。

手をつないだ貴臣は、優しい笑みを私に向けた。

「葵衣、疲れないか？」

「平気よ」

ゆったりしたワンピースを着た私は、大きくなったお腹に手を当てる。

いよいよ妊娠十か月となり、臨月を迎えた。

性別はすでにわかっている。健診では異常はなく、赤ちゃんは順調にお腹の中で育ってくれた。

あとは、予定日を迎えるだけなのだけれど……何かあったらと思うと、今から心配になってしまう。無事に生まれてくれることを祈るばかりだ。

貴臣は愛しげに双眸を細めると、つないだ私の手をきつく握りしめる。

「腹が張ったら、すぐに言うんだぞ。いつ生まれてもいいんだからな」

「もう、貴臣ったら、そんなに焦らなくてもいいのよ。赤ちゃんにも準備があるんだから」

「そうだけどな。今か今かと思うと、心配なんだ」

お腹が膨らんでくるにつれ、赤ちゃんが生まれてくるという実感が湧いてくる。それは貴臣にとってもそうらしく、近頃の彼はそわそわして落ち着きがなくなっていた。屋敷にはすでにベビーベッドやメリーオルゴールをはじめ、おむつや哺乳瓶に至るまで、赤ちゃんのためのものが用意されている。準備は万端だ。

「みんなもなんだかそわそわしてるわよね。玲央は離乳食を作ってるし、咲夜はまだ使ってない赤ちゃんの布団を毎日干しているし……」

堂本組のみんなは何も言わないけれど、跡取りの誕生を心待ちにしているのだとわかる。

貴臣は、フッと笑みを零した。

「あいつらは楽しみで仕方ないんだ。なにしろ、家族がひとり増えるんだからな」

彼の精悍な顔は、以前と比べると柔らかくなった気がする。

婚約披露パーティーのとき、父親の死について決着をつけたことが影響しているのかもしれない。

そう思った私は微苦笑を浮かべた。

「そうね……。私たちはみんな、家族だものね」

私と貴臣だけでなく、堂本組のみんなが家族なのだ。極道一家は主従であり、家族でもあるのだった。少なくとも貴臣はそのように考えている。

もちろん私も同じ気持ちだった。これからも、堂本組のみんなを家族として大切にしていきたいと胸に刻む。私は組の姐御になったのだから、みんなのお母さんでもあるのだ。

ゆるりと公園内を通ると、休日の昼時なので、遊具で遊ぶ子どもたちがたくさんいた。公園には賑やかな声が溢れている。

子どもたちを見守る親たちも周囲にいて、とても和やかな雰囲気だ。

「私たちもいずれ、ああいうふうになるのかしらね」

「そうだな。うちの場合は若衆がくっついてきそうだが……」

貴臣が苦笑を零すと、彼の近くにいた中年の女性が、ジャングルジムに上っている男の子に声をかけた。

「お昼だから、そろそろ行くわよ」

母親に声をかけられた男の子は、「わかった」と返事をしたが、ジャングルジムにはたくさんの子がいるので、すぐには降りてこられないようだ。

そのとき、ふと母親がこちらを見た。彼女はなぜか貴臣を、じっと見つめてくる。

小学生の息子がいるわりには、だいぶ年嵩に見えるその女性は、髪や肌に艶がなく、頬はこけていた。

視線に気づいた貴臣が、小首を傾げる。

戸惑いながら近づいてきた女性は、貴臣に訊ねた。

「あの、知り合いに似ている気がして……貴臣じゃないよね？」

目を見開いた貴臣は息を呑んだ。

「まさか、おふくろなのか……？」

女性は目を見開いて、まっすぐに貴臣を見つめる。

その瞳は潤み、彼女の肩は小刻みに震えた。

「そう、です……。堂本家にいたのは、二十年以上前になるわね……」

女性は貴臣の母親なのだ。彼女の目は、久しぶりに会う息子を懸命に目に焼きつけようとする母親のものだった。

貴臣の話によると、彼が幼いときに、極道が嫌で家を出ていったというが、もしかするとそれ以来の再会なのかもしれない。わりと近くに住んでいても、偶然顔を合わせる機会は限られているだろう。

だが、傍に寄ってきた男の子が、不思議そうに彼女に声をかける。

「ねえ、帰らないの？」

はっとした女性は表情を取り繕うと、男の子に言った。

「ちょっとだけ知り合いの人と話すから、もう少し遊んできていいわよ」

頷いた男の子は、またジャングルジムに戻っていく。

その子の後ろ姿を目で追った貴臣は、うつむいている母親に低い声で訊ねた。

「俺の弟か……？」

母親は首を横に振る。

「夫の身内が育てている子どもです」

「そうか。再婚したんだな。知っているかもしれないが、親父は抗争で死んだ。じいさんも病気で他界した。今は俺が組を継いでいる」

「……お葬式にも行かず、申し訳ありませんでした」

彼女は深く頭を下げた。

それは息子に対してというよりも、組長となった人への態度に感じる。そんな母親を、貴臣は無表情で見ていた。

「呼ばなかったからな。シマの管理上、戻ったという話は聞いていたが、連絡先を俺は知らない。これからも知らないままでいいだろう」

母親は小さく頷いた。

おそらく彼女は、堂本家を出たが、しばらくして地元に帰ってきたのだろう。そのことには触れられたくないのかもしれない。

唇を噛みしめる母親に、貴臣は私を紹介した。

「俺の妻の、葵衣だ。もうすぐ子どもが生まれる」

お腹の大きな私に目を向けた彼女は、嬉しそうに微笑んだ。

だけどその瞳には涙が溜まっていた。

成長した息子に会えた喜びからなのか、孫が生まれるからなのか、それとも過去へ思うところがあったからなのか、どれもそうなのかもしれなかった。

お母さんは私に対して深くお辞儀した。

「どうか、よろしくお願いします」

息子を、堂本組を、そして孫をということだろうか。

私も頭を下げて、貴臣を産んでくれた堂本組の元姐御に礼を尽くす。

「貴臣さんと、生まれてくる子どもと、堂本組を大切にいたします」

改めて、私にはいくつもの守るべきものができたことが身に染みた。

これから私が背負っていく大切な家族だ。

再び男の子がやってきて、「ねえ、まだ？」と言ったので、お母さんは軽くお辞儀をした。

「それでは……お元気で」

「ああ。そちらもな」

男の子の背に手を添えたお母さんは、公園から去っていった。

その後ろ姿を見送りながら、私は貴臣にそっと伝える。

「私を、生まれてくる赤ちゃんの母親にさせてほしいの」

お母さんの決断を非難するつもりは毛頭ない。堂本家を出ていったあと、彼女は後悔することもあったのではないかと思える。

貴臣だって強がってはいるものの、母親がいてほしいと思った時期もあるだろう。

――私は生涯、夫と子どもの傍にいてあげたい。

家族を見限ったりしない。

そのためにも、堂本組の姐御としての責務を全うしよう。

改めてそう心に刻んだ。

神妙な顔をした貴臣は、ぎゅっと私の手を握りしめた。

「もちろんだ。葵衣は子どもの母親であり、俺の妻だ。何も心配はいらない。俺がおまえと子どもを守る」

力強い彼の言葉を聞き、貴臣についていこうという思いが胸に湧く。

極道の妻になった私は、堅気ではなくなる。

私が極道と結婚して、堂本家の嫁になることを両親に報告したら、「葵衣の決めたことなら」と言って後押ししてくれた。

両親は賛同してくれたけれど、それは私が幸せになるのなら、という意味だろうと思える。

極道の姐御として、これからの人生でつらいことがあるかもしれない。

貴臣のお母さんのように、すべてを投げ出したくなるのかもしれない。

でも私は決して、諦めない。

大切な家族を守り通そう。この命が尽きるまで。

そう思えるようになったのも、堂本家で暮らして、堂本組のみんなと貴臣に接したおかげだった。

以前の婚約では、私は自分が幸せになることしか考えていなかった。だからうまくいかなかったのかもしれない。

でも今は、家族を守っていこうという気持ちになれた。

家族を幸せにしたい。

そういった思いやりが私の心に溢れていた。

「貴臣……生涯、あなたについていくわ。私は家族をずっと守っていきたい」

決意を込めてそう告げる。

すると貴臣は、遠くを見るような目を公園に向けた。昼時だからか、子どもたちはほとんどいなくなっていた。

「俺は、ずっと誰にも甘えられなかった。その寂しさを葵衣が埋めてくれた。母親のいない俺にとって、葵衣が家族になることを初めて実感させてくれた存在だったんだ」

これまで誰にも言えなかったであろう貴臣の心情が身に染みる。

彼はずっと、寂しさを押し殺して生きてきたのだ。

極道の組長としての矜持を守るため、そして堂本組を守るために。

つないだ手のぬくもりを感じながら、彼に微笑みかける。

「私はずっと貴臣の妻でいるから、安心してね」

「俺はおまえが逃げようと、どこまでも追いかけて離さないから覚悟しておけ」

「ふふ。もう覚悟は決まっているわ」

「そうか。俺の愛は筋金入りだぞ」

「貴臣が言うと冗談に聞こえないわね」

「はは。そうだな」

笑い合った私たちは手をつなぎながら、公園をあとにした。

蒼穹はどこまでも澄み渡り、爽やかな風が吹き抜けていった。


お母さんと公園で会った夜、寝所で眠りに就くとき、貴臣は私を離さなかった。

強靭な腕を私の頭の後ろに回して、腕枕をする。さらにふたりの手はきつくつながれていた。

いつもベッドでは体のどこかを触れ合わせているのだけれど、今夜はひときわ貴臣の執着を感じる。

昼間のことで、貴臣にも思うところがあったのだろう。

お腹が大きいので仰臥できない私は、横向きになっている。向き合った貴臣の精悍な顔を、ぼんやりと見つめていた。

彼は目を閉じているけれど、眠っていないとわかる。

なぜなら眉根が寄っているから。

貴臣が本当に寝ているときは、安らかな寝顔をしている。

私はそっと空いているほうの手を伸ばし、貴臣の眉間を指先でなぞった。

口元をゆるめた貴臣は笑みを浮かべる。

「くすぐったいな」

「やっぱり、寝ていなかったのね。お母さんと会ったこと、気にしてるの？」

彼は眉間を辿る私の手を振りほどくことはせず、薄く目を開ける。

「気にしていないと言えば嘘になるが、よかったと思えた安堵のほうが大きい。長年の間、溜め込んでいたものに決着をつけられたわけだからな」

やはり彼が話したとおり、貴臣は寂しさを抱え続けていたのだと察した。

その寂寥感を埋められたのが私なのだ。

眉間にやっていた手を、するりと頬に滑らせる。

「そう……よかった」

「葵衣のおかげだ」

ちゅ、と額にくちづけられて、彼の熱い体温を感じているうちに微睡む。

だけどそのとき、つきりとした痛みをお腹に感じた。

「……ん、うん……」

「どうした、葵衣？」

「なんだか、お腹が……いたっ……」

お腹の痛みは次第に大きくなっていく。単なる腹痛とは異なるものだ。

――もしかして、陣痛なの？

明かりを点けた貴臣は、私の顔色を見ると、寝台を下りてガウンを手に取る。

「まさか生まれるのか？　とにかく医者に診せるぞ」

貴臣にガウンを着せられ、横抱きにされる。

苦悶を顔に浮かべた私はもう、立ち上がれないほどの痛みを覚えていた。


病室に朝陽が眩く射し込んでいる。

ベッドから身を起こした私は、隣に置かれた新生児用のベッドを覗き込む。

そこには、つい先ほど生まれた赤ちゃんが純白のおくるみに包まれて眠っていた。

夜中に病院に到着し、医師の診断を受けると、やはり陣痛だということで、そのまま陣痛室で待機した。痛みに耐えながら長い時間が経過すると、やがて分娩室へ移動して、私は無事に男の子を出産した。

元気な産声を耳にしたときは、感動が胸に溢れた。

笑みを浮かべて、とても小さな赤ちゃんの手にそっと触れる。

「生まれてきてくれて、ありがとう」

小さく呟くと、傍の椅子に座っていた貴臣が、ふと目を開ける。

彼は一睡もせず、出産に立ち会ってくれた。

先ほど病室に戻ってきて、赤ちゃんを抱っこしたあと、ようやく私たちは一休みしたところだった。

「葵衣、起きたか。水を飲むか？」

頷いた私に、貴臣はストローを差したペットボトルを手渡す。

病人ではないけれど、彼の気遣いが喉を流れる水と同様に染み渡った。

ひと息つくと、私たちの目は自然に赤ちゃんに吸い寄せられる。

「貴臣にそっくりね」

「そうか。鼻は葵衣に似ているな」

赤ちゃんを見つめる貴臣の表情は、柔らかい。

私たちは微笑みを交わした。夜が明けた病室には、幸福が溢れている。

ふいに私の肩を抱いた貴臣は、ひとこと言った。

「産んでくれて、ありがとう」

その言葉に、じわりと胸に感激が染みる。

泣きそうになった私は、目元に手をやった。

「私……世界でいちばん幸せよ」

キスの合間に囁いた言葉が、眩く煌めく。

私たちの赤ちゃんは、満足げな顔で小さな寝息を立てていた。


出産した一週間後、私は赤ちゃんとともに退院した。

やがて産褥期を終えて体調は回復し、母子ともに健康である。

母乳をたっぷり飲んでくれる赤ちゃんは瞬く間に大きくなり、生後一か月を迎えた。

息子は、晴臣《はるおみ》と名づけた。

父親である貴臣から一字を取り、さらに生まれた日が晴天であったことから、ふたりで決めた。

そして今日——私たちは結婚式を挙げる。

紋付羽織袴を着た勇壮な姿の貴臣の隣に、白無垢をまとった私は楚々として隣に立つ。腕にはおくるみに包んだ晴臣を抱いていた。

厳かな神殿に並び立つと、夫婦になるのだという実感が湧いてくる。

参列した堂本組のみんなと、私の両親は温かい笑みを浮かべて迎えてくれた。

私は貴臣に愛されて妊娠し、子どもを授かることができた。

そしてこうして結婚式を迎えられて、至上の幸福に包まれる。

母に晴臣を預けると、貴臣が私の手をそっと取った。

「式を済ませたら、おまえは名実ともに俺の妻だ。覚悟はできているか？」

「貴臣に、ついていくわ」

私はしっかりと頷いた。

堂本家の姐御になる覚悟はとうにできている。

生涯にわたって家族を守り、貴臣と添い遂げることを神前で誓おう。

結婚式が始められる。神職が祝詞を奏上したあと、御神酒をいただく。

授乳中なので、私は盃に口をつけるだけに留めた。

粛々と進められていく式に、私は本当に貴臣と結婚できるのだという実感が込み上げてくる。

厳かな儀式は進行して、指輪の交換となった。

台座にのせられたふたつの指輪は、金色の輝きを放っている。

貴臣は小さいほうの指輪を指先で摘む。

左手を差し出した私の薬指に、彼は結婚指輪をつけた。

プラチナゴールドが輝くその手を握りしめた貴臣は、くちづけを落とす。

熱い唇の感触が手の甲から伝わり、どきんと胸が弾んだ。

彼の真摯な双眸が、指輪越しに私を射貫く。

「愛している。俺は命をかけて、おまえと子を守り通す」

貴臣の誓いを受けて、私は彼の指輪を摘み、大きな左手の薬指につける。

私たちの薬指には、揃いの結婚指輪が光った。

「貴臣を、愛しています。私はあなたと家族を、生涯大切にするわ」

誓いを立てた私たちは、甘いくちづけを交わした。

眩い陽が降り注ぐ晴天の日に、ふたりは本物の夫婦になった。

番外編　永遠の愛

ゆりかごを揺らす大きな手を、ソファに座っていた私はふと顔を上げて見た。

優しい微笑を浮かべた貴臣は、籐のゆりかごで眠っている赤ちゃんの顔を眺めている。

息子の晴臣は、生後三か月になった。

ようやく首が据わり、あやすと笑うようになって、日々成長しているのを感じる。

父親である貴臣は意外にも子煩悩で、晴臣が夜泣きしているときはあやしたり、ミルクをあげたりしてくれるので、とても助かっている。

彼の左手の薬指には、プラチナゴールドの結婚指輪が光っていた。結婚式を挙げたときに交わした指輪だ。もちろん私の左手の薬指にも、揃いの結婚指輪をつけている。

小さな靴下を編んでいた私は、編み棒を下ろした。

「晴臣はぐっすり眠ってるわね」

「ああ。昨日は一晩中、夜泣きしていたからな。元気なやつだ」

そういえば、昨夜は晴臣におっぱいをあげても、また泣いてしまうので、貴臣が抱っこして朝方まであやしてくれたのだった。私はといえば、ぐっすり眠ってしまっていた。

「夜泣きのとき、いつも任せてしまってごめんなさい。貴臣も眠いでしょう？」

「俺は何ともない。葵衣こそ毎日赤ん坊の面倒を見ているんだ。疲れていないか」

「私は母親なんだから当然よ……」

とは言ったものの、育児は想像以上に大変だった。

数時間おきに母乳をあげて、おむつを交換し、泣いたときはあやして、その隙にベビーカーで買い物に行く。堂本家の場合は食事の支度は玲央が担当し、洗濯などは咲夜がしてくれるので、とても助かっているけれど、ふたりともほかの仕事があるわけなので、すべてを頼るわけにもいかない。

だから私はできるだけ家事と育児をこなそうと奮闘していた。

そんな私を見た貴臣は、そっと腰を上げると、ソファに移動する。

彼は隣に座ると、私の目元を優しく指先でなぞった。

「顔に疲れが出ているな」

「え、そう？」

「母親だからと気負わなくていい。たまには休め」

「そういうわけにはいかないわよ。だって赤ちゃんは昼も夜も泣くから、お世話しないといけないもの」

ふう、と貴臣が嘆息を零した。

私の髪を大きなてのひらで撫でた彼は、微苦笑を浮かべる。

「おまえのそういう責任感が強いところも好きだけどな。坊ばかりでなく、たまには俺にもかまってくれないか」

「え……貴臣に？」

貴臣は拗ねたような顔をして、チュと唇にくちづけを落とす。

柔らかな感触に、頬が朱に染まる。

言われてみると、近頃は赤ちゃんのことで頭がいっぱいになっていたかもしれない。

「俺とデートしよう。ふたりきりで映画を観てから、お茶でもしないか」

「晴臣はどうするの？」

「咲夜に子守りをさせよう。いずれ、あいつを坊の教育係にするつもりだ。そのためにも今から慣れさせておかないとな」

咲夜は子ども好きらしく、晴臣のタオルや布団を替えたりと世話をしてくれる傍らで、柔らかな笑みで晴臣を見つめている。

私に遠慮してか、抱っこさせてほしいとは決して言わないけれど、咲夜に任せれば安心だろう。

「そうね。それじゃあ少しだけ、デートしてもいいかな」

「少しだけか……。俺の地位も堕ちたもんだな」

不服そうに呟いた貴臣は、こつんと額を合わせる。

苦笑した私は彼と鼻先をくっつけた。

「もちろん、貴臣も大切にしてるわよ。私の大事な旦那様だもの」

「わかってる」

微笑んだ貴臣は、何度も私の唇を啄んだ。


急遽デートすることになり、私は服を着替えた。

貴臣と恋人みたいにデートするなんて、初めてかもしれない。

ふわふわと浮き立ちながらクローゼットでおしゃれなワンピースに着替えてから、目を覚ました晴臣におっぱいをあげる。

満腹になった晴臣は機嫌がよく、私たちは無事に支度を済ませた。

おんぶ紐で、晴臣をおぶった咲夜は玄関前に立ち、表情を引きしめる。

「安心してください。坊ちゃんは自分が命に替えてもお守りします」

「頼んだぞ」

咲夜と貴臣は真剣な顔つきである。

まるで今からカチコミでもあるのかという雰囲気だ。

婚約披露してからは平和な日々を過ごしているし、どこの組からも不穏な動きはないのだけれど。

それを見越してか、咲夜の隣に立った玲央はおんぶされている晴臣を見ながら言った。

「坊ちゃんは肝が据わってるな。留守番なのに泣きもしないで、半目になってる」

「まだ三か月なので、留守番だとかわからないですよ。それにお腹いっぱいだから、ぼんやりしてるんだと思います。おんぶしてたらそのうち寝ますよ」

「赤ん坊に詳しいんだな。咲夜がガキみたいな顔してるくせに」

「……玲央さんはひとこと余計です。自分は弟や妹の子守りをしていましたので、慣れてますから」

ふたりのやり取りを、私は苦笑しながら聞いた。

貴臣に手を取られて、車に乗り込む。

「それじゃあ、よろしくね」

「いってらっしゃいませ！」

待機していた若衆たちに見送られ、車から手を振る。

門を出て、みんなの姿が見えなくなると、急に寂しくなってきた。

「大丈夫かしら……」

後部座席の隣に座った貴臣は、ぐいと私の肩を抱く。

「旅行に出かけるわけじゃないんだぞ。せいぜい数時間だ。たまにはおまえを独り占めさせてくれ」

「わかったわ。デートの最中は貴臣のことだけを考えるわね」

「そうしてくれ」

貴臣は結婚指輪をはめた私の左手を握りしめた。

彼の熱に包まれて、安堵した私は強靭な肩に凭れかかる。

ややあって、舎弟の運転する車が繁華街の近くにある駐車場に辿り着く。

車を降りた私たちは、舎弟に見送られて、映画館へ向かう。

貴臣が肘を差し出すので、私は恥ずかしく思いながらも、彼の腕に手を回した。

「ふたりで映画を観るなんて初めてね」

「そうだな。俺も舎弟がつかないで街を歩くのは久しぶりだが、おまえは俺が守るから安心してくれ」

生まれたときから極道の跡取りだった貴臣は、街を歩くのにも側近付きでなければいけなかったのだろう。

今日の彼の服装は爽やかなポロシャツに麻のスラックスなので、極道の組長には見えないけれど、彼から滲み出るオーラがただ者ではないことを表している。

私は寄り添った貴臣の耳元に囁いた。

「今日の貴臣はすごく素敵よ」

「惚れ直したか？」

「それは……どうかしらね」

「ほう……」

口端を引き上げた貴臣は、すうっと双眸を細める。

素直に「惚れ直しました」なんて言えなくて、私は目を逸らした。

けれど貴臣はどうしても私の口から言ってほしかったらしく、映画の上映中にずっと肩を抱いて、何度もキスを仕掛けてきた。カップルシートだったのでほかの席からは見えなかったのが救いだ。

上映が終わると、貴臣は唸る。ただし私の肩は離そうとしない。

「どうあっても、惚れたと言わないつもりか。さすが俺の女は強情だな」

「……貴臣は映画を全然観ていなかったんじゃない？」

彼の執着愛の深さには呆れてしまう。

そういえば貴臣は許嫁の私を、二十年ほど想い続けていたのだった。しかも小学生の私にこっそり会いに来るし、元の婚約者との動向を部下に探らせていたし、その執念には脱帽だ。

カップルシートのソファから立ち上がると、貴臣は私の手をぎゅっと握りしめる。

彼が一歩踏み出そうとしたそのとき、私は小さな声で言った。

「……惚れ直したわ」

「なに？」

振り向いた貴臣が鋭い眼差しを向けてくる。

苦笑を零した私は肩を竦めてみせた。

「なんでもないの」

「聞こえたぞ。確かに『惚れ直した』と言ったな」

「もう！　そんなに大きな声で言わないで」

笑い合いながら私たちは手をつないで、シアタールームを出る。

映画を観てから、ウインドウショッピングを楽しむ。

まるで付き合ったばかりの恋人同士のように心が浮き立ち、デートに夢中になって過ごした。

カフェへ入ると庭の薔薇が見えるテラス席に座り、ひと息つく。

ハーブティーを飲みながら、貴臣と視線を絡ませた。

「今日はありがとう。とっても楽しかったわ」

「俺もだ。時々こうしてデートしよう」

珈琲カップを傾けた貴臣は、優しい笑みを浮かべる。

貴臣は私のために、ひとときだけ子育てを休ませてくれたのだ。

彼の思いやりを感じ取り、胸が温まる。

「そうね。またデートしたいな……」

私たちは子どもの頃からの許嫁で、契約婚から妊活を経て、結婚という道を辿った。

貴臣のことはもちろん愛しているけれど、ふつうの恋人のようにデートを重ねて恋をする時間はなかった。

だけど今から恋愛を始めてもいいのかもしれない。

もう夫婦となり、子どももいるけれど、そんな気持ちにさせてくれる貴臣が愛おしい。

私を見つめる貴臣の眼差しは、どこまでも優しくて甘かった。

堂本家に帰宅すると、日は西に傾いていた。

デートは楽しかったけれど、晴臣はどうしてるかな、という気持ちがよぎっていたので、咲夜がおんぶしている晴臣の顔を見たら、ほっとした。

「お帰りなさいませ。坊ちゃんはとてもいい子でしたよ」

「ありがとう、咲夜。ずっとおんぶしていて、大変だったでしょう」

「とんでもないです。一時間前に玲央さんがミルクを持ってきてくれたので、下ろして飲ませました」

私たちの天使は、愛らしい微笑みを浮かべていた。

咲夜から晴臣を受け取り、リビングへ連れていく。

ソファに腰を下ろし、あやしていると、隣に座った貴臣がそっと声をかけてきた。

「葵衣、ピアノを聴かせてくれ。坊は俺が見ている」

「それじゃあ、少し弾くわね」

子育ての合間に、貴臣からプレゼントしてもらったピアノを時折弾いていた。

夫に晴臣を預けた私は、グランドピアノの前に座る。

鍵盤を滑る指は、優しい子守歌を紡ぎ出す。

モデラートで奏でられる旋律が室内に染み入った。

やがて最後の和音を刻む。

振り向くと、父親に抱かれた晴臣は、すやすやと眠っていた。そっとソファに移動して安らかな寝顔を見ると、幸せが込み上げる。

貴臣が、ふいに言った。

「俺は、幸せだ。おまえを愛している。晴臣もだ。こんなに愛しく安らかな気持ちが自分の中にあるとは思わなかった」

「……私もよ。あなたも、家族も愛しているわ」

幸福に包まれた私は愛する夫とキスを交わした。

この幸せが永遠に続くことを願いながら。

あとがき

こんにちは、沖田弥子です。マーマレード文庫では初めましてになります。

このたびは、『極道の許嫁として懐妊するまで囲われることになりました～危険で甘美な20年分の独占愛～』をお手にとってくださり、ありがとうございます。

本作品は極道との妊活をテーマに書きました。格好いい極道たちと、ラブを楽しんでいただけたら幸いです。

極道に囲われて溺愛されてしまうという状況は、きゅんとしますよね。機会がありましたら、また極道ヒーローを書いてみたいです。

最後になりましたが、本作品の書籍化にあたりお世話になった方々に深く感謝を申し上げます。麗しいイラストを描いてくださった氷栗優先生、ありがとうございました。そして読者様に心よりの感謝を捧げます。

願わくは、皆様が心穏やかに過ごせますように。

沖田弥子

マーマレード文庫

極道の許嫁として懐妊するまで囲われることになりました

～危険で甘美な 20 年分の独占愛～

2023 年 8 月 15 日　第 1 刷発行　定価はカバーに表示してあります

著者　沖田弥子　©YAKO OKITA 2023
発行人　鈴木幸辰
発行所　株式会社ハーパーコリンズ・ジャパン
東京都千代田区大手町1-5-1
電話　03-6269-2883（営業）
0570-008091（読者サービス係）
印刷・製本　中央精版印刷株式会社

Printed in Japan ©K.K. HarperCollins Japan 2023
ISBN-978-4-596-52268-9

m a r m a l a d e b u n k o

本作は2022年に魔法のiらんどで実施された「極上の男×身ごもり・シークレットベビー小説コンテスト」でマーマレード文庫賞・佳作を受賞した『極上極道と秘密の妊活します』に、大幅に加筆・修正を加え改題したものです。